나에게 곰 같은 시간

이 글과 만화를 그린 시기는 프리랜서 인생에서 가장 고민하고, 분투하던 때였습니다. 비슷한 고민을 하고 있는 방구석 노동자들에게 혼자가 아니라는 슴슴한 위로와 현실을 밝아가는 데에 아주 작은 도움이 되었으면 좋겠습니다.

소영 글 · 그림

나에게 곰같은 ― 시간

너무 서두르며 살고 있지는 않나요?
'라곰'으로 살아보세요.

홍익출판 미디어그룹

차례

라곰 하나

—

적당하게 간절하기

전업 프리랜서에게서 빼놓을 수 없는

프리랜서로 전향한 지도 세어보니 벌써 5년이 넘었다. 회사를 다닐 때와의 가장 큰 차이점은 '간절함'. 가끔은 좋은 친구이지만, 대부분은 나의 평화를 뺏어가는 주범이다. 이 녀석은 머릿속을 절대 평화롭게 내버려두지 않는다. 처음 회사를 나와 그림으로 돈을 벌 수 있는 일을 하자고 마음먹었을 때는 간절함이 좋았다. 그때는 어렸기 때문일까, 아니면 모든 일이 즐거웠기 때문일까. 어떤 운이 따라 우리나라에서 가장 큰 플랫폼에서 첫 만화를 마친 뒤, 작가인지 백수인지 알 수 없는 상태로 보낸 지 2년 차. 내 머리와 마음은 간절함으로 뒤덮여버렸다.

처음엔 일부러 괜찮은 척을 했었다. '나는 괜찮아! 어찌 되었든 처음 시작할 때보단 더 나은 상황이니까.' 그렇게 한 달, 두 달, 어느새 1년이 훌쩍. 그사이에 손을 놓고 있었던 것은 아니다. 크고 작은 삽화 일, 가정 경제 돌보기, 차기작 준비와 운동. 매일을 바쁘게 놀리며 정적인 시간을 열심히 지웠다. 그러나 건조하게 들뜬 피부를 수분이 많은 크림으로 잠시 가리듯, 순간의 대처일 뿐. 열심히 사는 것 같은 느낌으로 간절함을 잠시 가려놓았던 것이지, 내면 깊은 곳의 푸석푸석함까지 닿을 수 없어 내 마음은 더 건조해지기만 했다. 작가가 되었다며 좋아하시던 양가의 부모님들과 유명한 사람처럼 대하는 지인들이 실망하지 않을까? 입으로는 열심히 그땐 운이 좋았던 거라며 떠들었지만 어쩌면 가장 상심했던 건 스스로였을 것이다. 타이틀에 대한 간절함이 커질수록 나는 점점 더 불안해졌다.

평화롭고 싶었다. 라곰Lagom하고 싶었다. 남편에게 의지가 되고 싶은 마음, 가족들을 실망시키고 싶지 않다는 마음, 어디선가 나의 실패를 기다리는 이에게 지고 싶지 않다는 마음. 이런 마음들이 더해져 간절함의 무게는 점점 더 커져만 가고 단순히 정신적인 문제뿐만 아니라 신체적인 반응도 함께 나타나기 시작했다. 함께 일했던 담당자와 통화하면서 온몸이 사시나무 떨듯이 떨린다던가, 결과를 앞두고 밤새 한숨도 잠을 이루지 못한다든가, 사람을 만날 때 평소보다 긴장되어 멀미가 계속된다거나.

그런데 어떻게 해야 하는지 알 수가 없었다. 마음의 동요를 가라앉히기 위해 명상을 해보고, 요가에 매진하고 달리기도 해봤지만 순간의 해소일 뿐 장기적으로 내가 원하는 상태를 만들어주진 못했다. 도대체 라곰이란 것이 관념이 아니고 실제로 나에게 적용은 가능한 것인가?

그래서 간절함과 관계를 다시 쌓아가기로 결심했다. 딱 적당하게만 간절함을 사용하는 연습을 했다. 불쑥 불안이 얼굴을 내밀면, 일기를 그렸다. 휴대폰을 켜서 메모를 하고, 패드를 들고 다니며 자투리 시간에 그림을 그렸다. 간절함이 마음을 흔들 때마다 일기를 쓰는 건 생각보다 효과가 좋았다. 일기를 모아서 읽어보니 그 순간의 나를 이해할 수 있게 된 기분이었다. 어떤 식으로든 간절함이 형태로 만들어지니 형체를 알 수 없는 불안함이 가라앉았다. 그래서 선후를 바꿔보았다. 불안한 마음이 들기 전에 먼저 행동하기로. 간절함이 가장 높아진 시점에 나는 게으름을 벗어나 하루에 일정한 시간씩 작업을 하게 되었다. 이 방법이 바로 어떤 결과를 만들어내진 못하지만, 간절함이 조금씩 해소되기 시작했다. 이렇게 썼던 일기들이 《나에게 곰 같은 시간》이 되었다.

사실 아직까지 이 간절함에서 완전히 라곰하지 못하지만, 그래도 어떻게 했을 때 중화되는지는 약간은 알게 된 기분이다. 이 글을 쓰고 있는 시점에 나는 한 편의 웹툰을 투고한 상태이고, 이 책에 대한 제안서를 출판사에 보내놓았다. 다시 간절함이 제대로 작동하기 시작했다. 너무나도 적당하게 간절하고 싶었던 그날부터.

하루 한 번 라곰을 찾아서!

스웨덴 사람들에겐
삶의 기준, 지침,
방법으로 사용되는
단어라고 한다.

살아가면서
나에게 딱 적당한
균형을 찾는 것!

그래서 쓰는   하루 한 번 라곰 일기.

출근할 때마다
모든 불빛과 소음을
차단해주고 가는 남편과

잊을 만하면 일을 준
오래된 거래처
덕분에

할래?

ㅇㅇ

정신을
차려보니
8월…

제일 열심히 한 게
요가인데
살은 전혀
안 빠졌다.

남편은 취준생 시절, 이렇게 생각했다고 한다.

떨어지면 소주 마시고, 붙으면 좋은 술 마시자고.

그래서 나도 그렇게 생각하기로 했다.

그저 그런 일과 조금 좋은 일로.

우리 맥주 먹자!

그래!!

빗소리

정말로 자기만족을 위한 다이어트가 있을까?

내 몸에 불필요한 무게 알기

현대인이라면 누구나 어느 정도의 외모강박을 가지고 있다. 관리를 하든, 하지 않든 스스로의 외모를 시시때때로 평가하며 맛있는 걸 먹을 때면 슬며시 따라오는 죄책감을 무시하느라 힘들다. 나는 생김새보다는 몸무게에 대한 집착이 심한 편인데, 이 집착은 패션 디자인과를 전공하면서 아주 오랫동안 형성된 것이다. 날씬한 친구들과 날씬한 교수님과 함께 온종일 예쁜 옷과 예쁜 핏에 대한 고민을 하며 외계인에 가까운 몸매를 가진 모델을 관찰하고 상상하며 디자인을 했다. 지금도 그런지 모르지만 패션업계에서 일을 하려면 막내 디자이너는 피팅이 어느 정도 가능한 바디 스펙을 가졌어야 취업이 원활했을 정도.

그때의 다이어트는 단순 미를 위한 목적을 넘어 생존에도 관련된 요건이었지만, 나는 워낙 작은 키를 가져서 피팅을 하지 않아도 되는 회사를 가야 했고, 고로 피팅 모델을 쓸 수 있는 대기업에 취업을 하는 수밖에 없었다. 내 브랜드를 차릴 형편은 당연히 아니었기 때문에 학점과 장학금을 위해 정말 몸이 부서져라 학교를 다녔던 기억이 있다. 원했던 회사에 입사했지만 운은 거기까지. 나는 디자이너로 지원했지만, 디자이너로 일하지는 못했다. 지원했던 곳과 달리 소재를 개발하는 팀으로 배치를 받았기 때문이다. 지금 생각해보면 그 이유가 당연히 내가 날씬하지 않아서는 아니었을 테지만, 당시의 나는 입이 쓰도록 자책을 했었다. 회사에서 지내는 시간 내내, 그리고 회사가 아닌 곳에서도 나는 스스로에 대한 외모평가를 멈추지 못했다.

회사를 떠나고, 프리랜서가 되고, 나의 외모가 일을 정하는 것과 전혀 상관이 없어진(표면적으로는) 지금도 내 마음에는 계속 다이어트를 해야 한다는 의무감이 점처럼 박혀 있다. 물론 매번 실패하므로 매번 나는 실패한 사람으로 남는다. 진지하게 고민해봤다. 언젠가 빠질 몸무게의 나를 기준점으로 세우고 옷장 안의 44사이즈 옷들을 정리하지 못하는 내가 과연 정상인 걸까?

그렇게 결혼식이 다가오자 나는 정말 조급해져서 집 근처에서 요가를 시작하게 되었다. 요가를 선택했던 건, 그 당시에 한창 즐겨 보던 예능 프로그램 〈효리네 민박〉의 영향이 컸다. 요가라면 다이어트와 깨달음을 한꺼번에 얻을 수 있을 것처럼 보였다. 그런데 요가는 생각보다 살이 빠지는 운동은 아니었고, 결국 결혼식을 앞두고 일주일간 스무디만 먹으며 급하게 다이어트를 했었다. 하지만 요가를 시작한 건 정말, 정말로 잘한 결정이었다.

요가는 몸의 밸런스를 맞춰주고, 조금 더 내면에 집중할 수 있게 해주는 정적인 운동이지만, 그렇다고 전혀 힘들지 않은 운동도 아니다. 코어근육을 쓰고 균형감과 유연성을 동시에 갖춰야 해서 할수록 어려워진다. 이 운동을 시작한 것을 이토록 다행스럽게 여기는 이유는 요가를 하면서 나는 내 몸에 딱 적당한 무게가 있다는 것을 체득했기 때문이다.

나의 팔다리, 허리, 골반, 등까지, 신체를 자유롭게 쓰기 위해서는 과한 뱃살이나 뭉친 허벅지, 굳은 관절 등을 꾸준히 관리하고, 훈련시켜야 함을 알게 되었다. 가시 같은 팔과, 바람 불면 날아갈 듯한 몸매가 아니라도 보기 좋고 건강한 몸이 존재한다는 것을 배웠다. 단순히 학습된 미의 기준이 아니라, 자기에게 어울리는 아름다운 몸이 있다는 사실도 받아들이게 되었다. 그래서 언젠가 내 몸에 알맞은 무게가 되는 날을 떠올리면 저절로 몸이 가벼워지는 느낌이 든다.

아직 나는 과거의 외형적인 기준을 완전히 버리지 못했고, 아마 앞으로도 그럴 수 없을 것이다. 다만 나의 하루를 온전히 건강히 보내기 위해서 갖고 싶은 몸에 대한 기준에 조금씩 다가가는 것은 예전에 타인의 시선을 위해 달마다 하던 다이어트와는 다르지 않을까. 적어도 맛있는 걸 먹으면서 동시에 자괴감과 같은 불필요한 감정은 들지 않으니 말이다.

몸은 부탁한 적도 없는데

왜 쓸데없이 부지런해서

무릎 펴세요~!

으윽

저번 주엔
됐었는데…

금세
처음으로 돌아가는 걸까.

자, 다시 무릎 굽히고~

헛

마음 리셋하는 건
진짜 어려운데.

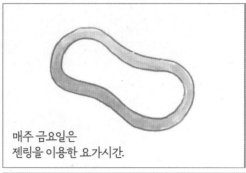

매주 금요일은
젠링을 이용한 요가시간.

그중에서 나는
가장 좋아하지만

볼록한 부분이
아래로 가도록
다리 사이에 끼우고

내 종아리랑
허벅지는

엉덩이를 뒤꿈치에
딱 붙이시고-

가장 싫어하는
이 자세.

이제 젠링 아래로
꾹! 누르세요- 꾹!

결혼하고 무럭무럭 찐 살의

+7~8kg

원상복귀와 함께

좀 더 건강한 몸을 위해
여러 가지 레시피를
시도 중.

오늘은 내장지방에 좋다는
비트 스무디를
만들었는데

색 예쁘당.

...

설명할 수 없는 맛.

배달음식과 인스턴트를 줄이고
음식을 해먹기
시작하면서

요리책을 찾아보는
시간이 늘었다.

응용 범위가 넓고,
다양한 식재료 위주의
책을 모으려고 하지만

감자 레시피
많은데, 살까?

감자 좋아.

그냥 맛있어 보이는 걸
자꾸 사게 된다.

다이어트
때문인가…

24

괜찮은 척.

약간의
자괴감.

전우애.

오, 뒷자리 바뀌었다!

4~5킬로 정도 빠졌네.

진짜…

내가 떡볶이를 많이 먹긴 했나 보구나…

라곰 셋

—

이별을 받아들이기

동이가 강아지 별로 떠났다

동이는 무려 19년 동안 우리 가족과 함께 살아주었다. 동물을 배려하는 법을 잘 몰랐던 초등학교 때 만나서 별로 잘해준 것도 없이 십수 년을 보냈고, 모든 것을 해주고 싶었을 때는 이미 늙은 개가 되어 있던 내 동생. 오랫동안 준비했지만 동이가 정말 떠날 줄은 몰랐다. 공기처럼 옆에 있는 게 너무나 당연했기에. 우리 동이만큼은 TV에 나오는 말도 안 되는 수명의 장수견처럼 그렇게 조금 더 오래, 사람처럼 살아주지 않을까 하는 희망을 계속 품었다. 정말로 그날이 오기 전까지 말이다. 결혼하고 독립을 한 나에게 엄마는 동이의 상태를 바로바로 알려주지 않으셨다. 한 번씩 고비가 올 때마다 울고불고하던 내가 영 딱하셨던 모양이다.

동이의 죽음이 상징하는 것은 결국 내가 받아들일 모든 이별이었다. 영원히 알고 싶지 않은 어린 시절 만화영화의 결말처럼, 동이가 떠나고 앞으로 있어야 할 소중한 것들과의 마지막이 너무 생생하게 그려졌다. 몇 달이 지났지만 난 아직도 엄마가 부탁한 동이의 사진조차 다시 뽑지를 못하고, 지나가다 늙은 시추와 함께 산책하는 모습만 봐도 눈물이 줄줄 흐르고 만다. 어느 밤은 다시는 그 보드라운

털을 만질 수가 없어서, 어느 밤은 그냥 너무 보고 싶어서 별로 읽고 싶지도 않은 웃기는 글들을 찾아본다. 동이가 멀리 가버리던 그 순간, 나는 깨달았다. 영화 〈플립Flipped〉의 여주인공은 플라타너스 나무 위에서 석양을 바라보며 풍경에 대한 아빠의 말이 머리가 아니라 마음으로 옮겨와 완전히 이해하는 장면이 있다. 정말 그랬다. 머리로 아는 것과 마음으로 아는 것은 달랐다. 앞으로 내 삶은 이런 이별의 반복이 수도 없을 것임을.

먼저 벌써 8살이나 먹어버린 막내 쪼코. 푸들은 예민해서 더 빨리 떠난다는 말이 있던데… 그리고 나의 부모님, 남편의 부모님은? 친구들은? 정말 언젠가는 함께할 수 없는 날이 다가올 것이고 이제는 옆에 없는 것을 상상할 수 없는 남편 또한, 어쩌면 내가 먼저. 우리는 그렇게 만약 따윈 없이 정해진 이별을 앞두고 살아가야 함을 동이가 명확하게 알려주고 가버렸다.

겉으로 보기에 우리는 제법 잘 견디고 있는 것처럼 보인다. 설명하기가 어렵지만 동이의 빈자리가 주는 느낌은, 외면의 꺼풀이 벗겨지는 것이 아니라 내면에서 단단히 붙어 있던 내 꺼풀 한 겹이 사라지는 기분이다. 외부적으로 기댔던 것들은 아파도 견딜 만하다. 굳은살도 박일 것이고, 다른 걸로 덮거나 보호하면 되니까. 내부의 빈자리는 어떤 식으로 단단하게 해야 할지 모르겠다. 아마 평생 구멍으로 남을 것이다. 곁에서 공기처럼, 숨처럼 느꼈던 유대는 다시 생겨날 그런 것이 아니라는 걸 동이가 떠나고서야 사무치게 느끼고 있다.

무엇을 해야 할까. 그냥 살아가야지, 아무리 생각해도 라곰한 이별은 없다. 적당한, 균형 있는, 더도 덜도 없는 따위는 붙일 수가 없다. 슬픔은 슬픈 것이다. 머릿속을 잠시 다른 것으로 채워 너무 슬픔에 젖어 있지 않도록 건조시키고, 말리고, 마르면 다시 젖고를 반복할 뿐. 계속 생각나는 것은 더 잘해줄걸, 더 많이 만지고 더 많이 사랑해줄걸, 좋아하던 것들을 조금 더 찾아줄걸. 더 하지 못한 아쉬움뿐.

지금 아직 이별하지 않은 사랑하는 이들에게 아쉽지 않게 해주어야겠다는 마음을 먹고, 앞으로 이별해야 할 인연을 늘리고 싶지 않다는 다소 극단적인 마음도 먹게 되었다. 그렇지만 동이와 함께 살았던 시간들은 사실 어떤 것과도 바꿀 수 없는 기억이다. 그 기억들이 내면의 구멍을 메꿀 유일한 약일지도 모르겠다.

이번 주말엔 꼭 엄마에게 동이의 사진을 뽑아다주어야지.

머리도 살살 만져보고

손도 주물주물

이름도 몇 번 불러보고

동이야~

사진도 잊지 않기.

친구들과
수영하러 왔는데

하필 날이 잔뜩 흐렸다.

뚝

앗, 비다.

먹구름 잔뜩 낀
하늘 속을 헤엄친 기분.

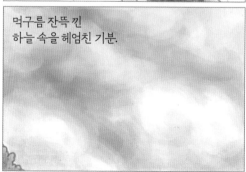

너무 많은 감정이
올라올 때는

마음이 준비할 수
있도록

잠깐만

모르는 척
해야겠다.

오늘은
*밀프랩도 하고

* 밀프랩Meal prep
며칠 식사를 미리 준비하고
끼니 때마다 꺼내 먹는 것.

오랜만에 주문 들어온
엽서도 그리고

책도
하나
골랐다.

일상으로
돌아오게 된다.

좋음도.
슬픔도.

라곰 넷

—

한국에서의 결혼, 시대과의 라곰한 관계

역할 강박에서 벗어나기

몇 해간, 한국의 최대 이슈는 젠더 갈등이었다. 어느 곳에나 젠더 이슈가 있었다. 그리고 두 젠더가 모여 사는 우리집에도 그것은 있었다. 우리집은 주로 결말이 날 수 없는 난상공론으로 이어지곤 한다. 세상의 사례들에 대해 열심히 토론을 하고 나면 그 사례를 우리집에 적용하고 싶었다.

남편의 부모님은 모두 남해 출신으로 가부장적인 문화가 강하게 자리 잡은 배경에서 성장하셨다. 이분법적인 역할로 나뉘어 아버님은 경제를 책임지는 대신, 어머님은 어마 무시한 노동강도의 제사문화와 가정에서의 노동을 책임지셨다. 집에 들어오는 수입이 어떻게 쓰이는지, 어디에 쓰일지 합의보다는 통보의 역사를, 친정보다는 시댁을 우선시하는 전형적인 가정이었다.

인천토박이이신 우리 부모님도 가부장적인 틀은 크게 다를 것은 없지만, 차이라면 경제를 책임지는 주체 또한 엄마였다는 것이다. 책임감이 유달리 강했던 것인지, 요구받았던 것인지 가정 경제를 돌보지 않았던 아빠 대신 엄마는 대학을 포기하고 일찌감치 일을 시작했고, 그럼에도 불구하고 시댁에 소홀하지 못해 그 많은 제사와 행사를 지내오셨다. 곁다리로 딸인 나도 함께.

이 두 가정의 자녀가 결혼을 했다. 양가의 어머님은 자신이 겪었던 부당한 역사를 며느리에게 물려주고 싶지 않았지만, 그 문화를 없앨 수는 없었기에 본인들의 노동은 본인이 맡기로 하셨다. 그래서 나는 시댁에 가면 자잘한 심부름을 하는 정도이고, 가끔 남해의 큰댁에 가면 새벽에 일어나 여성들로 이루어진 노동을 도왔다. 그곳은 어머님의 시댁이라 어머님은 나에게 여기에서만큼은 그 문화를 따라주기를 부탁하셨다. 그리고 우리 엄마는 내가 시댁에서 싹싹한 며느리가 되길 바라셨다. 딸이 고생하는 것은 싫지만 그럼에도 전통적인 역할을 잘 수행하라고 늘 일러둔다. 그것을 못했을 때 내가 미움받을 것이란 걱정 때문에.

남편과 내가 단둘이 있을 때, 우리는 젠더 이슈에서 비교적 자유로운 편이다. 둘의 성향은 비슷하게 게으르고, 단순해서 함께 일하고 함께 쉰다. 각자 더 잘하는 것을 하며 가정을 꾸려나간다. 여기에 각자의 집 문화가 들어오면 다소 복잡해진다. 그리고 결혼을 하면, 남자보다 여자에게, 즉 사위보다는 며느리에게 더 다양한 역할이 요구되는 것이 사실이기에 나는 나의 역할이 매번 고민된다.

나에게 강력하게 노동을 강요하는 사람은 없으나, 나는 편하게 그것을 누리지 못한다. 스스로 눈치를 보며 일을 찾고, 어떨 땐 그 일을 할 때 마음이 편하다. 왜냐면 내가 하지 않으면 그 일은 중년의 여성에게 오롯이 돌아갈 것이 뻔하기에. 남편은 본가에서의 자신의 역할을 아직 정하지 못했다. 거기서 갑자기 변화된 행동을 보이면, 시댁에서는 그 모습을 본인의 문화에 대한 반기라고 생각하며 그 원흉을 나라고 여기게 될 것을 고민하기 때문이다. 답답할 때가 있지만 싸움과 불편한 기류를 좋아하지 않는 우리의 성향 때문일 수도 있겠다.

시나브로 시댁을 갔을 때 남편의 노동을 늘려가기로 정했다. 아직 나는 핍박받았다고 할 만한 일이 없었다. 반기를 들 만한 상황이 없었는데 내가 먼저 따질 수 없는 일이다. 물론, 그렇게 넘길 때마다 어딘가 따끔따끔하며 입에는 쓴맛이 도는 기분이다.

앞으로 나의 계획은 천천히 변화하는 것. 우리의 가치관이 옳다고 생각하며 부모님들에게 평생을 살아오신 모습을 고치기를 강요하는 것도 어떤 면에선 폭력일 것이다. 그들은 옛사람이 아니기 위해 나름의 노력을 하고 있고, 우리 부부는 그 마음이 감사하다. 각자의 가정을 둘러싸고 있는 역할 강박에서 조금씩 벗어날 수 있도록 시간을 갖고 설득하고, 대화하는 것이 필요하다. 아마도 이 책이 우리의 대화의 시작이 되어줄 것이다. 모두가 즐거운 시시 때때를 보낼 수 있도록 용기를 내봐야겠다.

내일은 드디어
오빠의 결혼식이다.

두 사람이 오랫동안 만난 시간만큼
우리 가족하고 알고 지낸 지도 오래지만

왜?

흐음…

이젠 진짜로 가족이 느는 기분.

갑자기 새언니
라고 쓰려니
어색해서…

아스파라거스와

전복버터구이.

전복내장과 부추, 관자를
넣은 꼬마 김밥.

그리고 오늘의 아점은 전복잡곡볶음밥.

이상 어머님이 주신
2인용 전복 활용기, 끝!

홈트레이닝 30분 하고

공원도 다섯 바퀴 달리고

폼롤러로
마무리하면

추석맞이 운동 끝!

시댁인
울산집에 와보니

제일 잘 보이는 곳에 새 가족사진이 걸렸다.

새삼,
가족이 되었구나-
싶었다.

영아~
와서 무화과 무라.

'잘'의 기준

잘될 거야, 잘하면 좋겠다, 잘 지내고 있어?

오랜만에 누군가에게 안부를 묻기 위해서 꼭 하는 말이 있다. '잘 지내셨어요?' 마찬가지로 그 질문은 내게도 돌아온다. 인사치레인 줄 알지만 진지하게 답해야 할까, 막상 잘 못 지낸다고 대답하면 이 대화가 얼마나 어색해질까 등을 고민하다가, 별일 없이 지낸다고 대답할 뿐이다.

'잘'의 기준은 뭘까? 안부를 물을 때의 '잘'은 라곰과 일맥상통하는 것 같기도 하다. 무탈히 지내고 있는지, 모든 것은 적당히 굴러가고 있는지 하고. 그런데 스스로에게 묻는 '잘'은 라곰과는 거리가 멀다. 예를 들어 일에 있어서 나는 라곰하게 잘하고 싶지는 않다. 일이 넘치게 많아서 양을 라곰하게 정하는 것이면 모를까, 그것이 아닌 능력과 노력에서 라곰을 적용하는 것은 게으름을 라곰이라고 바꿔 부르는 기분. 진짜로 '잘!' 하는 사람이고 싶다.

그런데 그림을 그리고 글을 쓰는 나의 일은 무엇을 기준으로 '잘'을 붙일 수 있을까. 돈을 많이 벌면? 사람들에게 인기가 있으면? 스스로 만족스러우면?

개발자인 남편의 직업에 적용해도 같은 메아리가 돌아온다. 뭐 하나 콕 집어 말할 수 없다. 어쩌면 모든 분야가. 사회에서 10퍼센트 안에 드는 성공을 해야 잘하는 것인가,

만약에 내가 그 안에 들었다고 하면 나머지 사람들은 그럼 잘 못하고 있다는 것인가. 그렇다고 단순히 노력하고 있다고 마냥 잘하는 걸까? 지난 1년 동안 나는 유래 없이 긴 휴식을 가졌다. 자잘한 그림 알바를 했을 뿐, 명확한 타이틀 없이 머릿속으로 구상하며 차기작을 고민하며 쓰고, 그렸다. 주변 작가들이 나에게 '작가님'이라고 부를 때, 새삼 부끄러웠다. 결과 없는 노력에 '잘'이란 표현을 붙이고 싶지 않았다.

타인의 노력에는 거리낌없이 응원해주며 정도에 상관없이 인정할 수 있는데, 왜 스스로에게는 그럴 수 없는 걸까? 스웨덴에서는 라곰의 부작용으로 공부를 너무 열심히 하는 아이에게 눈치를 주는 분위기가 형성된다고 한다. 그리고 해외에서 상을 받은 배우가 그것을 집에 가져갈 수 없었다는 영상도 봤었다. 트로피를 집에 두었을 때, 본인의 성취를 자랑하는 것처럼 보이기 때문이라나. 경쟁을 과열시키는 분위기를 지양하기 때문에 노력과 성과에서도 '라곰'한 정도를 지키도록 한다는 것이다. 이 부분에서 받는 충격을 설명할 길이 없다. 개인이 발휘해야 하는 능력치를 최대한 끌어내야 하는 것이 맞지 않는 걸까?

자원이라고는 하나도 없는 나라에서 초중고를 졸업하고, 젊은이는 근면성실해야 한다는 사고의 틀에 갇혀 능력주의에 젖어 있는 난, 어쩔 수 없는 한국 사람인 걸까? 나

스스로를 자원으로 보는 시선을 지우지 못하는 한 이번 라곰실험은 정말이지 적용 실패다.

　연말이 다가오면 지난 시간 준비한 것들의 결과 여부도 심사하게 된다. 아귀가 잘 맞으면 순조롭게 풀리겠지만, 내 몫은 지났고 이제는 운의 영역일 뿐이다. 아마 결과에 따라서 나는 스스로에게 '잘'과 '잘못'의 여부를 말해주겠지. 잘하고 싶다는 마음이 일상을 잘못 지내게 하는 건 정말 라곰스럽지 못할 텐데….

　오늘은 나한테 진심으로 물어봐야겠다.

　"지난 1년 동안 잘 지냈니?"

　잘했건, 잘 살았건, 적어도 질문 속엔 그 일상이 언제나 평온하길 바라는 마음이 담겨 있기 때문에.

어서 와!

쪼코~~~
오랜만이지!

헷헷

잠깐만, 신발 좀 벗구!

웰컴

웰컴

웰컴타임은 20분.

끝이야?

ㅇㅇ

살다 보면 다음 문단으로
넘어가는 시기가 있다.

대부분 지나고서야
끝난 걸 알게 되지만

11월의 수능날같이
모를 수가 없는
날도 있다.

모두 각자의 글을
잘 마무리하고,
다음 문단을 시작했으면.

다 올라가서

힘을 주어
버티면 되는데

흔들거리다
자꾸 힘이 빠진다.

요즘 나의
모든 일들이 그렇다.

될 것
같은데…

올해의 벚꽃도 짧았다.

매년,
충분히 느끼기도 전에

이맘때를 위해
나무는 묵묵히
다시 일 년을 준비하겠지.

떨어져도 예쁘네.

참 닮고 싶은
인내심이다.

위이이이이잉-

방학 숙제처럼

끼이이이이잉-

미루고 미루던

스케일링과 검진을
해치웠다.

불편하셨죠?
끝났습니다~

올해 숙제는 무사통과! (나만)

옆면에
하나
생겼대…

라곰스럽게 의지하기

짐과 힘의 한 끗 차이

이번 연말은 우리 2인 가족의 지반이 흔들릴 정도로 극심한 지각 변동이 일어났다. 나는 내년 연재가 결정되지 않은 상태로 달리는 중이었고, 남편도 6년 동안 다니던 대기업을 떠나 스타트업으로 도전하기로 했다. 그전에는 한 명의 프리랜서와 한 명의 직장인으로 제법 균형이 잘 맞는 구조였지만 이제는 둘이 손잡고 한 치 앞을 알 수 없는 곳으로 풍덩 빠져버린 것이다.

나는 도서관에 가면 재테크 칸부터 볼 정도로 저축을 참 좋아한다. 자연스럽게 결혼하고서는 내가 돈 관리를 하게 되었는데, 남편이 성실히 월급을 가져올수록 내가 더 불성실하게 느껴졌다. 남편은 그것 또한 역할이라는 사실을 계속 인지시켜주었지만, 나는 살림이나 돈 관리로 남편과 균형을 맞추고 싶지는 않았다. 내 분야에서 사회적으로 능력을 보여주고 싶은 열망이 점점 더 커졌다. 정말 고마웠던 것은 남편은 한 번도 나에게 차기작을 준비하라거나, 더 열심히 하라거나, 쉬지 말라거나 하는 말을 한 적이 없다는 것이다. 자기는 쉬지 않으면서 나는 쉬라고 말해준 좋은 짝.

남편의 고민을 진작부터 알고 있었기에 나는 더 필사적

으로 내 몫을 해내고 싶었다. 아무도 뭐라 하는 사람이 없었지만 머리가 빠지도록 스트레스를 받았던 것은 내가 소중한 사람들에게 의지가 되지 못하고 있다는 생각 때문이었다. 연애를 할 때, 우리는 서로에게 어떤 점이 가장 좋은지 물었었는데, 여러 가지가 있었지만 가장 좋은 건 자기의 일을 사랑한다는 점. 목적의식을 가지고 삶을 바라본다는 동질감. 연인이 부부로 바뀌었을 뿐 그 부분은 바뀌면 안 되는 마지노선이라고 늘 생각하고 있었다. 그 마지노선이 있어야 서로를 동일하게 바라보고, 서로를 부담스럽지 않아 할 수 있다고. 늘 그럴 순 없지만 그런 마음을 가지려고 노력하는 자세가 꼭 필요하다.

개인적인 성향이 강해서 그런 것일 수도 있지만, 누군가가 내게 완전히 의지한다고 생각하면 약간 숨이 막히는 기분이 든다. 어떠한 의사결정을 할 때 절대 자유로울 수 없을 것 같은 기분도 든다. 내 결정으로 타인의 인생이 같이 결정된다는 것이 너무나 부담스럽다.

그래서 나는 우리의 부모님이 어떤 마음으로 우리를 키우셨는지 도무지 상상할 수가 없다. 물어보면 키우면서 존재 자체로 힘이 됐다고 하시지만, 아무래도 듣기 좋으라고 하는 말인 것 같다. 더불어 이런 부분 때문에 우리는 비출산을 고려하고 있다. 내가 그렇기에, 남편도 그럴 것이라고 생각한다. 서로의 인생에 비상시 대비책은 되어줄 수 있지만, 서로에게 짐으로 다가가고 싶지 않다. 내가 생각하는 상대방에 의지하는 모습은 사람 인(人)처럼 기대어 버티고 있다기보다, H처럼 나란히 서서 손을 잡고 가는 모습이길 바란다.

게임처럼 목숨이 여러 개가 아니고, 가이드조차 없기에 사람은 늘 불안을 달고 살아간다. 불투명한 프리랜서의 삶에서 믿을 것은 결국 나밖에 없었다. 아무도 나를 믿어주지 않으니 나를 믿고 끊임없이 도전하는 수밖에 없는 것이다. 그러나 이제는 서로가 생겼다. 상대방의 인생을 대신 살아주거나, 그 노력을 한쪽이 가져가는 관계가 아니라 가끔씩 부족한 기운을 채워주고, 길을 헤맬 때 같이 지도를 보고 방향을 찾아줄 사람으로.

짐이 아니라 힘이 되어 서로를 믿고 살아가는 것이 나에겐 라곰한 의지의 형태이다.

지난주 내내 사람들을 많이 만났다.
오랜만에 보니 공통적인 질문은
'결혼하니까 어때?'

문득 예전에 본 영상이 떠올랐다.

높은 곳에서 뛰어내리길
무서워하던 강아지는

사람과 몇 번의 신뢰가 쌓이자
겁내지 않고 점프를 완전히 즐긴다.

결혼도 비슷한 것 같다.
서로에게 안전하고,
두려움 없이 재미있는.

나는 재밌어.

남편 친구가 사다놓은
자몽 소주를
해치우고 싶어졌다.

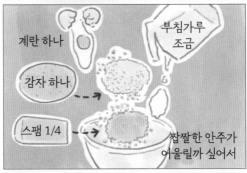

계란 하나

부침가루
조금

감자 하나

스팸 1/4

짭짤한 안주가
어울릴까 싶어서

만든 스팸 감자 와플!

결론은 안주만 잘 먹었다.

식장이 우리 결혼했던 데랑 엄청 가깝다!

진짜 바로네.

덕분에 결혼식을 열었던 공원을
쭉 바라보며 걸었다.

오늘도 누가
결혼하고 있겠네~

그러게~

기분 좀
이상하다.

그니까,
딱 이맘때.

각자로서도

함께로서도

엄청난 지각 변동을
겪고 있는 우리.

믿을 건 서로뿐이야.

익숙함과 함께 살기

5년 만에 휴대폰을 바꿨다

결혼을 하면서 살림살이를 한꺼번에 장만하는 것은 내 인생에서 꼽을 만큼 고강도의 스트레스였다. 그전까지는 적당한 쇼핑도 즐겼었고, 소비를 싫어하는 사람이라고 생각하지 못했는데 이때 나는 크게 깨달았다. 물건을 구매하는 일이 얼마나 많은 에너지를 쏟는 일인가를. 물론 아무거나, 또는 금액에 아무런 제한이 없다면 조금 쉬워질 수도 있겠지만 문제는 내가 사물을 앞으로의 인생을 함께할 사물 이상의 것으로 여긴다는 것이었다.

살림을 고를 때의 조건은 두 가지. 하나, 슥 돌아봤을 때 내 눈에 거슬림 없이 집과 어울리는가. 둘, 5년 이상 재구매를 하지 않을 수 있는 품질인가! 쉽다고 생각했는데 쉽지 않았다. 침대프레임, 테이블, 소파, 장롱부터 작게는 수저와 그릇, 시트, 주전자까지. 한두 달 내에 이 결정을 하면서 나는 소비에 완전히 지쳐버렸다.

그로부터 1년여, 우리집은 식비와 소모품을 제외하고는 특별한 소비를 하지 않는다. 나는 성향이 변했고, 남편은 원래 필요한 것 말고는 잘 사지 않는 사람이다. 그런데 이미 필요한 웬만한 물건이 있으니 파손이 아닌 이상 새로운 것이 우리집에 들어올 이유가 없었다.

그러다가 내 휴대폰이 한계에 도달했다. 남편을 만나기 전부터 사용했던 나의 작은 친구는 5년여를 내 손에 딱 맞게 길들여진 소중한 물건이었다. 점점 배터리가 빨리 닳고 느려져도 나는 계속 이것을 사용하고 싶었다. 새롭고 좋은 물건은 언제든지 나오지만 나에게 딱 맞는 물건은 다시 만들어내기 어렵기 때문이었다.

라곰한 소비란 무엇일까. 우리는 자칫 소비라는 것을 경시하고 나라 경제에 관심 없는 이기적인 2인 가정으로 취급될 수 있다. 하지만 나는 현재의 시장이 과연 정상적인가에 대한 의문을 가슴 한 켠에서 지워버릴 수가 없다. 이것은 빠른 트렌드의 가장 정점인 패션산업에서 짧게 몸담으면서, 자본을 순환시키기 위해 얼마나 많은 땅과 식물과 인류와 전기와 물과 돈이 낭비되는지 넘치도록 체험한 후에 생긴 의문이었다. 패션뿐만이 아닐 것이다. 그 모든 과정에서 이상함을 느끼지 못하도록 세상은 열심히 떠들어댄다. 더 빨리, 더 많이, 더 자주 소비하도록.

다른 것은 명확하게 답하지 못했지만, 이 부분에 있어서 나는 우리의 라곰을 세울 수 있다.

'좋은 물건을 꼭 필요할 때에만 구입하기.'

'순간의 기분으로 소비하지 않기.'

'불편하지 않은 선에서 물건을 오랫동안 사용하기.'

이 기준에 맞춰서 나는 5년이 되어 몇 분씩 버퍼링이 걸리는 휴대폰을 충분한 고민을 거쳐 가장 비슷한 그다음 모델로 바꿨다. 휴대폰이 느려진 지 몇 년이 되었기 때문에 이 정도면 충동적인 소비도 아니고, 오랫동안 사용했다는 기준에서도 합격이다.

공정한 과정을 거쳐 생산되는 물건이 많아지도록 정당한 가격을 치르고, 물건이 어디에서 왔는지 공부를 하고, 지금보다 더 건강한 시장이 형성되도록 조금이라도 노력하는 것. 언젠가 물건이 어떻게 만들어지는지 찾아가봤을 때 스스로 거리끼는 부분이 최소화될 수 있는 삶을 살게 되기를 바란다. 그리고 그런 사람들이 많아지기를 희망한다.

5년 만에 휴대폰을 바꿨다.

감사합니다~

오, 집에서 개통이 되는구나!

새로 나온 것들 중, 고민하다가 결국 내 거랑 가장 비슷한 예전 모델을 고르고 말았다.

손에 딱 맞는 물건을 버리는 건, 쉽지 않은 일이다.

새삼, 나는 경제에는 정말 도움이 안 되는 사람이라고 생각했다.

주말 겸 겨울맞이 대청소를 했다.

위이잉-

삶아도 빠지지 않는
스테인리스 팬의
묵은 자국 지우기만 20분.

전용세제

이렇게 닦을 때마다
코팅팬으로 바꿀까
고민되지만

닦고 나면 참 뿌듯해.

오!

내 노트북은 8살, 태블릿은 12살쯤 되었다.
불편함 없이 내 손처럼 익숙하지만

자동으로 꺼지기를 몇 차례,
어느 날 갑자기 사망해도 이상하지 않은 연차라

고민 끝에 새로운 컴퓨터를 들였다.
크기도, 반응도 너무 낯설어서

너무 커서
어딜 봐야 될지
모르겠네.

하루에 몇 시간씩, 사귀는 중이다.

카페 가서
해야지.

12살
태블릿

오늘 아침의 작은 재앙은
물에 불어 일어난 원목 테이블.

미안…

우선 천을 덮고
표면이 평평해질 때까지
다리미로 다려주고

기름으로 표면이
갈라지지 않도록
잘 발라주면!

안타깝지만 스크래치 하나 추가.

에이…

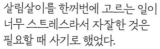

살림살이를 한꺼번에 고르는 일이
너무 스트레스라서 자잘한 것은
필요할 때 사기로 했었다.

그래서 계란을 깨고 나서야 깨달은
거품기의 부재.

아쉬운 대로 고무주걱으로 도전!

오, 된다.

이렇게 그 살림, 그대로 1년이 지나는 중.

거품기 살까?

ㅇㅇ

익숙한 사람의 새로운 표정을
보는 것은 참 신기하다.

오래된 친구들과 함께할 때,
학생처럼 웃는 얼굴.

왜?

아냐, 짠!

어른이의 친구 사이

멀어진 건지, 밀어낸 건지

나는 어린 시절부터 유독 '친구'라는 타이틀을 매우 좋아했다. 아마도 열심히 읽었던 만화의 영향인지 판타지에 가까운 순수하고, 영원한 우정을 추구했었다. 학창시절을 지내면서 좋아함은 조금씩 집착으로, 그리고 버거움으로, 이제는 어려움으로 변했다. 그 단어도 어렵고, 그 단어를 쓸수 있는 사람들도 어렵다.

어릴 때는 '우린 오늘부터 친구야!'라고 선언하면서 친구가 되고, 그 즉시 모든 것을 공유하는 관계가 된다. 아주 작은 호의, 공통점, 순간의 분위기. 친구가 되는 것은 어렵지 않고 그만큼 친구가 아니게 되는 것도 어렵지 않았다. 단순한 갈등으로 하루아침에 단짝친구에서 갑자기 철천지원수가 되기도 했었다. 아쉽지도 않았고, 며칠 지나면 까먹어버리기도 했다. 어릴 때의 우정은 가볍고 맑았다. 나이가 들어가면서 점차 소중한 관계들이 생겨났고, 곧 나의 소중함과 타인의 소중함이 등가가 아님을 알게 되었다. 친구 사이는 내가 억지로 쥐고 있는다고 쥐고 있을 수 있는 관계가 아니었다.

몇 번의 우정 실패가 나에게 관계에는 언제나 끝이 있

다는 것을 체득시켰다. 그래서 늘 습관적으로 언젠가 모든 관계가 끝날 수도 있다는 생각을 하고 한동안은 모든 사이를 멀리하기도 했었다. 그때는 남편에게도 언젠가 우리도 헤어질 수 있다고 자주 말하곤 했다. 몇 안 되는 친구들에게 미안했지만 이 방법이 나중을 위해 좋다고 생각했다. 그런데 아주 쓸데없이 이야기를 나눌 사람이 없다는 것, 떡볶이가 먹고 싶은데 연락할 수가 없다는 것, 귀여운 동물사진을 공유할 사람이 없다는 것, 오늘은 기분이 좋다고, 오늘은 기분이 별로라고 말할 사람이 없다는 것은 참 외롭고 심심했다.

그러나 나의 오랜 친구들은 나의 이 버릇을 잘 알고 있었는지, 내가 얼린 우정 위의 살얼음들을 열심히 부수고, 녹이고 나에게 다가와주었다. 다소 민망함을 무릅쓰고 입으로 소리 내어 우리는 친구이고 바빠서 연락을 못 할 때도 있겠지만 항상 소중한 관계라고 말해주었다. 이날, 이 친구의 말이 나에게 우정을 다시 라곰으로 바꿔주었다.

결혼까지 하고 나서 보니, 연인과 친구 사이는 성적인 요소를 제외하면 매우 닮았다. 함께 있을 때 즐거우며 편안하고, 자주 서로의 안부가 궁금하고, 좋은 일이 있으면 좋겠고, 슬픈 일이 있으면 안타깝고, 삶의 일정 부분과 시간을 공유하며, 때론 가족에게 못하는 이야기를 할 수 있고, 의견이 다르면 맞춰가고, 끝까지 달라도 이해해주고. 하지만 노력하지 않고 유지되는 관계는 없듯이 오래된 우정에도 노력이 필요하다.

그러나 적당해야 한다. 사람 사이가 완벽할 수는 없고, 완벽한 관계를 추구하는 것도 웃기지만. 서로에 대한 지속적이고 불편하지 않을 관심과 배려, 그리고 지지하는 마음. 내가 친구들에게 받았던 것들은 잘 간직하고 있다가, 필요한 순간에 나도 꼭 돌려주어야지. 오랜 시간을 함께하면서 손때가 묻고, 언젠가의 다툼으로 지워지지 않는 자국이 남기도 했지만 서로의 배려로 반질반질 윤을 낸 우정은 참 단단하고, 예쁘다.

사실 나는 아직도 '친구'라는 단어가 너무 좋다. 가까울 '친(親)'과 옛 '구(舊)', 가깝게 오래 사귄 사람. 나는 친구들이 무척 감사하고 소중하다. 어쩔 땐 이 관계가 너무 소중해서 무섭기도 하지만, 이보다 완전하게 좋은 말은 몇 없을 것이다.

너희가 회사에 있는
시간에는 연락을
잘 못하겠어.

엥,
상관없는데?

톡은 다 보니까,
아무 때나 그냥 해.

그으래.

생각 없이 인스타를 하다가 타고 들어간

지금은 멀어진 친구의 계정.

잘 지내고 있는 근황을 알았으면서도

연락은 할 수 없다는 게 참 이상해.

긴장할 정도로 오래간만에 학교 친구를 만났다.

순식간에 그때로 돌아간 것 같으면서도

또 무척 달라진 서로가 신기했다.

각자의 선으로 잘 걷고 있어

더 반가웠던 오늘.

자주 보자.

그래, 그래!

처음으로 매일매일
혼자 있기

그래서 그냥 걸어보았다

하루는 온종일 그냥 걸어보았다. 일도 잘 안 풀리고, 정성 들여 짜놓은 계획표는 흐려지고, 무기력이 먹물처럼 퍼져서 생기라고는 찾아볼 수 없는 며칠을 보냈다. 샤워를 하고, 운동할 때 입는 레깅스와 반바지를 입었다. 혹시 몰라 노트북을 챙겼다. 길거리에 사람들이 많았고, 바람은 차지만 먼지도 없이 맑은 하늘에는 어느새 벚꽃이 피어 있었다. 오랜만에 휴대폰을 꺼내 사진을 찍으면서 어디를 갈지 생각했다.

인스타그램에 벚꽃이 예뻐서 기분이 좋아졌다는 글을 올렸다. 그렇게 많이 좋아진 것은 아니지만 기분이 좋아졌다고 쓰니까 조금 좋아진 것 같았다. 내가 또 뭘 좋아했더라, 아 서점! 부러 보폭을 넓히며 서점으로 향했는데 다니던 서점이 없어지고 새로운 곳으로 열 준비를 한다며 닫혀 있었다. 잠시 허무하고, 또 금방 머피가 따라왔지만 모처럼 좋아진 기분을 망치고 싶지 않았다.

맞아, 우리 동네엔 서점이 하나 더 있었지. 건물을 나와 중고서점에 갔다. 습관적으로 만화책이 있는 칸으로 가서 구경을 하다가 《우울증 탈출》이란 책을 집었다. 자리에 앉아 단숨에 읽었다. 나랑 비슷한 점을 찾는다. 나는 우울증

인 걸까? 우울증은 아니지만 요즘에 계속 알 수 없는 감정에 매번 지는데… 다양한 사례를 만화로 풀어놓아서 도움이 되었다. 우연히 발견한 책, 우울했기 때문에 그 단어가 눈에 띄었던 걸까. 이 책은 꼭 새 책으로 사고 싶다. 결심하고 서점을 나왔다.

날씨가 금방 추워졌다. 바람이 너무 세서 오들오들 떨다보니 배가 고파왔다. 떡볶이가 먹고 싶은데 떡볶이 집은 없고, 눈앞에 수제비집이 보여 들어가 수제비를 시켰다. 생각보다 비싸고 맛은 별로인데도 수제비의 식감이 즐거웠다. 몸도 금세 따뜻해졌다. 수제비를 다 먹어갈 쯤에 어디를 갈까 고민하다가 좋아하는 마카롱 가게 근처까지 걸어왔다는 것을 알았다. 바람을 뚫고 카페를 갔다. 배는 하나도 고프지 않았는데 얼그레이 마카롱 하나와 커피를 시켰다. 카페의 이름은 '안단단맛'인데, 여기 마카롱도 진짜 안 단 단맛이라서 무척 좋아한다. 조금씩 먹으려고 했는데 너무 맛있어서 두 입에 다 먹어버리고 노트북을 열고 이 글을 쓰고 있다.

오늘은 혼자 있는 많은 하루 중의 하루. 사람은 다들 조금씩 외롭고, 특히 나는 조금 더 외로움을 탄다. 사람들과 가득하게 같이 있을 때, 단란한 몇 명과 함께할 때, 소중한 이와 단둘일 때, 그리고 나 혼자 마주할 때. 모든 경우는 다

필요하다. 어느 한 가지를 평생 피하는 것은 불가능하다.

한평생 가장 많은 시간을 만나는 사람은 누구일까. 당연히 '나'다. 사람은 군중 속에 있어도 철저히 혼자임을 느끼는 동물이다. 사람이 혼자 있는 것을 어색해한다는 것은 그 사람 삶의 대부분의 시간이 어색하다는 것일 수도 있다.

결혼을 해서 가족을 떠나왔을 땐, 하루가 너무 고요해서 깜짝 놀랐다. 강아지까지 없으니 새삼 더없이 혼자인 기분이 들었다. 한 공간에 누군가가 있다는 것은 딱히 바로 옆에 붙어 있지 않더라도 공기와 온도가 다르다. 그 작은 생활소음들이 어떤 날은 안심이 되기도 하고, 어떤 날은 방해가 되기도 한다. 생각해보면 살면서 이런 시간을 가져본 적이 별로 없었다. 아직도 나는 혼자 있는 시간이 많이 어색해서 그 어색함을 우울로, 어느 날은 소음으로 채운다.

그렇게 나와의 낯가림의 시간이 지나고, 혼자임에 점차 익숙해졌다. 이 시간들은 오롯이 생각에 빠질 수 있는 시간이 되어준다. 누군가의 방해 없이 조금씩 나를 다각도로 알아가는 시간을 가질 수 있다는 것이 얼마나 소중한지 점차 알게 되었다. 우리는 다양한 경우의 수에서 얻을 수 있는 라곰을 느끼는 편이 좋다. 혼자 있는 시간의 라곰은 정말 완전하다.

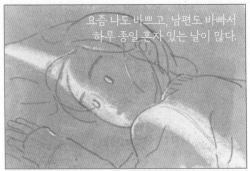

요즘 나도 바쁘고, 남편도 바빠서
하루 종일 혼자 있는 날이 많다.

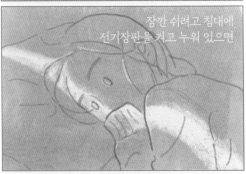

잠깐 쉬려고 침대에
전기장판을 켜고 누워 있으면

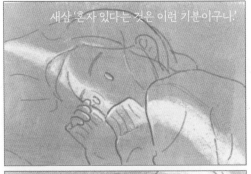

새삼 '혼자 있다는 것은 이런 기분이구나.'

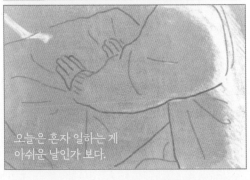

오늘은 혼자 일하는 게
아쉬운 날인가 보다.

혼자 있는 거 좋아하는 줄 알았는데

92

"그것도 그것의 삶이 있거든.
고단함 이런 게 다 있거든. 망원경으로
보냐, 현미경으로 보냐 차이잖아."

SBS 스페셜
〈영미네 작은 식탁〉

엄청 맞는 말이다, 그치?

응·응

친구나 가족이어도
내가 보고 싶은 거리에서
보고 있는 걸까.

현미경으로 볼 수 있는 삶은
내 것밖에 없지 않나?

안 봐?

집안이 어둑어둑하다 싶더니

천둥이 엄청나게 쳤다.

우르르콰쾅!!
코아쾅쾅!!

익숙한 공간도 무척
낯설게 만들어버린

우르르
콰꽉쾅!!

한낮의 천둥번개.

우르르콰쾅!!
코아쾅쾅!!

우리집 안 같아…

94

태풍이 끝날 때까진 공원에 못 올 것 같아서

찰칵

도시락을 싸서 나왔다.

어디서 먹지…

아직 덥지만
그래서 더 한갓지던

한낮,
공원의 점심시간.

일상에 규칙 들여오기

바쁘면 바쁜 대로, 안 바쁘면 안 바쁜 대로 사라지는 라곰

자꾸 아무렇게나 살게 된다. 아무렇게나 산다는 게 막 빚을 지고, 삶의 방향성을 잃어버린 채 사는 것이 아니라, 말 그대로 나의 하루가 아무렇게나 늘어져 있다는 것이다. 묘사해보자면 대략 이렇다.

늦게까지 작업을 해버려 알람을 꺼버리고 느지막이 눈을 뜬 오전(12시 이전을 말한다), 잠이 안 깬 누운 상태로 휴대폰을 한 시간 정도 만지다가 부스스 침대에서 일어난다. 양치를 하고 일을 하기 위해 컴퓨터를 켜지만, 동시에 유튜브가 연동되는 TV도 함께 켠다. 새로운 영상들을 보다가 작업을 할라치면 배가 고파온다. 1-3시 사이의 애매한 시간에 커피가 함께 배달되는 햄버거세트를 시켜 감자튀김은 다 먹지 못하고 남긴다.

그 상태 그대로 남편이 퇴근할 때까지 스트레칭도 하지 않고 일을 하다가 허기가 지면 식어서 맛도 없는 남은 감자튀김을 씹어 먹는다. 남편이 퇴근을 하면 두런두런 하루 일을 얘기하다가 배가 고프면 야식을, 배가 고프지 않으면 간식을 먹고 나는 새벽까지 작업을 더 하다가 잠이 들어버린다. 물론 자기 전에 휴대폰을 보는 건 필수.

이것이 평균적인 나의 하루와 가장 비슷한 설명이다. 반짝 다이어트를 결심하거나, 문득 이렇게 살면 안 된다고 생각하면 원하는 이상향을 삶으로 들여와 열심히 따라 하다가 시나브로 그런 모습이 되어버리는 것이다. 다이어리에 적어놓은 할 일을 겨우 하고 있을 뿐, 그 외의 빈 공간은 온통 아무렇게나. 이런 하루하루가 쌓이면서 얻은 것은 인생 최고의 몸무게뿐이었다.

규칙적인 삶은 왜 이렇게 어려운 걸까? 내가 그렇게도 게으른 사람인 걸까, 아니면 대자연의 본능을 거스르려는 말도 안 되는 시도이기 때문일까. 부모님의 집에서 나와, 남편마저 회사로 휠휠 떠나버린 후 온전히 내가 컨트롤하는 나는 한심하기 짝이 없다. 그림을 그리면서 입에 풀칠이나 하는 것이 정말 신기할 따름이다. 문제는 단순히 한심하다는 기분의 문제가 아니라 이 방식이 나의 건강과 밸런스를 실제로 망친다는 것이다. 그리고 하루를 사용하는 물리적인 시간이 부족해진다.

이것은 마치 청소와 같아서 청소를 하면 깨끗해서, 깨끗함을 유지하기 위해 또 청소를 하게 되는 것처럼, 규칙을 한번 들여온 하루의 상태가 무척 좋아서, 그 상태를 유지하기 위해 규칙을 지키는 선순환으로 들어가야 하는 것 같다. 그 순환 속으로 들어가기 위한 장벽을 확 낮춰야 진입이 가능한 것 같다. 어릴 때, 아니 1년 전만 해도 하루 계획에 많은 것들을 욱여넣었다. 그러나 서른이 된 나는 이제 알고 있다. 일을 하는 시간을 제외한 여력과 능력을 합쳤을 때, 매일매일 할 수 있는 일은 다음의 다섯 가지 정도가 최선이라는 것을.

'7시 기상.'
'간단히 청소하고 하루 시작하기.'
'하루에 글 하나.'
'한 끼 집밥.'
'그림 일기 쓰기.'

이 다섯 가지를 다 지키는 날도 있고, 하나를 겨우 하는 날도 있다. 어느 날은 하나를 더해 요가를 가거나 내리 집밥을 해먹기도 한다. 나는 아직도 숨을 쉬는 것처럼 계획적으로 살지 못해서 이렇게 적어놓고, 하루를 체크해야 아무렇게나가 아닌 하루를 겨우 산다. 바라건대 서른다섯 전에는 숨 쉬듯 규칙적인 일상을 살고 싶을 뿐이다.

남편은 머리를 대면 잠들지만,
나는 잠드는 데 오래 걸린다.

휴대폰을 보다가
잠이 들락 말락 하면

자야지, 하고 눈을 감는데

또 그러면
잠이 달아난다.

작업을 하다 보면
나도 모르게

고개는 앞으로 쏠리고,
허리는 점점
구겨진다.

아이구…
허리야.

수시로
생존요가를 해야 한다.

ㅇ ㅇ ㅇ ㅇ…

나한테
오전에 갖는
커피 타임은

진짜 중요한데…

놓치면

자꾸 잠들어버림.

요리는

바지락이랑 비지가 있으니까

나름 과정도 재밌고

도전메뉴 '바지락비지스프'

막 맛있진 않구나.

맛있게 되면 보람도 있지만

이게 너무 별로야.

한 그릇 했는데…

이 와인 살까?
와인 선배가
추천해줬는데 맛있대.

남편은
내가 기억하기 쉽도록

커피 선배가
설악산 다녀왔는데
거기 엄청 맛있는
커피집이 있대.

회사 분들을 별칭으로
이야기해주는데

각각 좋아하는 것들로
별칭이 자리 잡아서

맛있다!

마카롱 선배가 자기 거
하나 더 주심.

화 기 애 애

회식이라도 할라치면
어쩐지 이런 그림이 그려진다.

냉장고에 있는 걸로
대충 덮밥을 만들어
먹었는데

생각보다
무척 맛있었다.

오?

후 추

굴소스
작은 숟가락

참기름
조금

반숙
계란후라이

아보카도
반 개

현미밥

또 해먹으려고 그려놓는
오늘의 점심 일기.

안정을 추구하는 프리랜서

가장 먼 두 단어를 붙여 쓰려면

안정

재미

따뜻한 아이스 아메리카노, 심플하면서도 화려한 디자인이란 문구는 사실 가장 말이 안 되는 문장 중에 하나일 것이다. 내가 이 고민에 대해서 누군가에게 털어놓으면 그럴 거면 왜 회사를 그만두었냐고 말한다. 또는 그러면 재미를 포기해야지라고도 말한다. 30초 정도, 아니 3초만 생각해봐도 나오는 답이다. 그리고 나도 잘 알고 있다. 안정적인 프리랜서는 거의 불가능에 가깝다고.

내가 바라는 안정에 대해서 열심히 고민해봤다. 어떤 시기에 내가 가장 편안한 마음으로 작업을 했는지, 언제의 결과물을 가장 좋아했는지, 뒤돌아봤을 때 후회가 적었는지 말이다. 프리랜서 일을 처음 시작했을 때는 어떻게든 이 시장에 참여해야 한다는 조급함이 가득해서 그림으로 할 수 있는 일이면 뭐든 찾아 지원 메일을 보내고, 클라이언트가 원하는 그림을 닥치는 대로 그렸다. 그나마 내 색깔이 들어간 작업을 할 수 있었던 동력은 퇴사 덕분이었다.

그 이후엔 핸드메이드 작업과 판매를 같이 하면서 그림 외주를 동시에 구하던 시기가 있었다. 수입은 고정적이었지만 에너지가 분산되었고, 소비자를 직접 마주하며 판매하는 일이 무척 어려웠다. 낯을 많이 가리는 편이거니와

내 작업물에 대한 피드백을 실시간으로 받는 것이 너무 벅찼기 때문이다. 하나도 안 팔리는 날에는 작아지다 못해 사라지는 기분이 들었다.

더 이상은 안 되겠다 싶을 때 오로지 나를 위해서 만화를 그렸다. 좋아서 시작했던 마음을 이야기로 남겨두고 싶었다. 그 만화로 데뷔를 하게 되었다. 1년이 조금 넘는 기간 동안 고정 수입과 작업물을 많은 사람들에게 보여줄 수 있었던 감사하고 행복한 시간이었다. 그러나 소재를 만들고, 주간연재 스케줄을 소화하면서 결혼준비를 같이 하는 바람에 정말 눈앞의 작업을 해치우기 급급했던 기억이 있다. 그 어마어마한 기회를 잘 활용하고 유지했어야 했다는 생각과 아쉬움이 그 이후 1년여, 개인작업을 올리면서 포털에 연재를 위한 시도를 계속하는 동안 매일 찾아왔다.

언제가 가장 심적으로 안정적이었을까, 생각해보니 없는 것 같다. 대부분 초조하고 바빴다. 남편은 종종 이런 질문을 한다. '자기는 사람들이 만화를 많이 봐줬으면 좋겠어?' 간단하지만 삶의 방향이 확실히 정해져야 대답할 수 있는 질문들. 언제나 대답은 조금씩 변하지만 그날 밤 산책 최종 버전은 이랬다. '나는 지금 같은 만화를 계속 그릴 수 있을 만큼만 사람들이 봐주면 좋겠어.'

'경제적인 이유로 모든 기준을 지우면서까지 작업하지 않아도 되는 환경.' 이 한 줄. 이것이 결국 본질적으로 내가 원하는 안정의 모습이다. 문제는 나의 욕심이다. 그런 환경은 무수하다. 여름의 열기를 선풍기와 부채로 식히다 에어컨의 쾌적함을 알게 되는 것처럼. 삶이 어떻게 풀리는지 알 수 없고, 내 노력이 그대로 돌아오는 것이 아님을 안다. 기준점을 어디에 두는가. 얼마나 풍족하고 싶은가, 초점을 남의 시선과 나의 시선 중 어디에 맞추고 있을까. 이 같은 욕심이 하나씩 붙으면 안정을 발밑에 두고도, 까치발로 서 있는 것과 다르지 않다. 라곰을 어디에 적용해야 하는지 정해진 것이다.

글로, 그림으로, 만화로 삶을 살아가려면 그것을 지지해 주는 독자들의 존재는 필수적이다. 나는 대중적이지 않다는 것을 잘 알고 있다. 사람들의 인기를 얻고 싶으면서 지금 같은 이야기를 고집한다는 것은 아이러니이기 때문이다. 그리고 이미 나는 최대한의 독자를 만날 수 있는 곳에 연재를 해봤었다. 이제 운의 탓을 하며 나를 깎아내리는 행동은 하지 않으려고 한다. 내가 노력한다고 되는 것도, 되지 않는 것도 아니다. 내 안에서 꾸준하게 대충이 없는 작업물을 그리는 방법이 최선일 뿐이다. 가능하다면 지금까지 내 그림과 글을 봐준 이들에게 지속적으로 작업물을 보여줄 만큼의 환경만 유지했으면 좋겠다.

그 환경의 어딘가에서 커졌다 작아졌다 하는 욕심을 조절하는 것이 안정을 추구하는 프리랜서의 자세이다.

가만히 있으면 아무 일도 없고, 재미도 없다.

재미가 바닥을 칠 때쯤엔, 안정감도 줄어든다.

움직이면
불안정해지지만
재미가 생길 수 있다.

내가 흔들릴 만큼
크게 움직일수록
얻을 수 있는 재미도
커지는 것 같아.

하루 종일,
뭔가를, 엄청

열심히
하곤 있는데

완성되기 전의 과정을
보고 있자면

나도 어떻게 하고 있는 건지
가늠이 안 가.

혹시나
다른 길이
있을까.

주변을 천천히,
여러 번 둘러보지만

누구보다   잘 알고 있다.

그냥은 지나갈 수 없는
출구를.

우리에게 딱,
작고 오래된 라곰의 집

빈티지 나무 벽, 육각형의 주방 선반

결혼을 하면서 가장 큰 걱정거리는 무엇일까. 모든 것이 아무 문제 없이 진행된다면 맨 마지막에 남겨지는 것은 아마도 집이 아닐까. 적어도 우리에겐 그랬다. 남편은 특별히 돈을 쓰지도 않고, 모으지도 않는 성격이어서 어머님께서 월급에서 얼마씩을 빼 저축을 해주셨고, 나는 프리랜서가 된 후에서야 저축에 눈을 떠 작고 작은 돈들을 열심히 굴리고 모았다. 그렇게 사회생활을 5년간 하여 우리는 각각 8천만 원과 5천만 원이란, 많다면 많고 적다면 적은 재산을 마련했다. 누군가에게는 적을 수도 있지만 우리에겐 더없이 소중한 자금이었다. 나는 양가의 도움 없이 그 규모 안에서 결혼을 준비하고 싶었다.

부모님에게 손을 벌리고 싶지 않았던 이유는, 그렇게 하지 않아도 가능하다는 이유도 있었지만, 경제적 지원과 더불어 함께 따라오는 여러 가지 도리와 책임이 부담스러웠기 때문도 컸다. 그렇기에 우리만의 산뜻한 시작을 하고 싶었다. 부모님들이 조금 서운하셨을 수도 있었겠지만 완전한 독립을 위해서는 경제적인 자립이 제일 중요하다고 생각했다. 우리의 가정을 스스로 책임질 수 있을 때, 마음에서 우러나서 양가의 부모님을 대할 수 있다고 개인적으로 생각하고 있다.

그래서 결혼을 하면서 남편의 자취방 전세금도 돌려드렸다. 그렇다고 대출은 받고 싶지 않았다. 남편과 나의 성향상 대출을 받으면 우린 우리가 하고 싶은 것 따윈 가볍게 무시해버리고 빚을 갚아야 한다는 강박감 속에서 살아갈 것이 뻔했다.

그렇게 우리의 예산은 1억 3천, 나야 어디에서건 일할 수 있지만 남편의 직장은 서울 한복판. 이것으로 가능할까 의심했지만 발품을 팔고 팔아 오래된 빌라지만 방 두 개에 아담한 거실과 부엌을 갖춘 지금의 전셋집을 찾게 되었다. 이 집을 처음 봤을 때, 가장 마음에 들었던 부분은 좀처럼 보기 힘든 나무로 된 벽과 격자무늬 천장이었다. 그 전에 사시던 분이 곱게 페인트칠까지 해놓은 하얀 천장과 벽, 그리고 기역자가 아닌 육각형으로 모서리진 싱크대의 모양도 귀여웠다. 그렇게 그 집은 우리집이 되었다.

오래된 작은 집의 여러 가지 단점들은 우리에게 딱 맞는 계약금을 떠올리면 용서가 되었다. 마음이 편해서일까. 이 집은 우리에게 좁지도, 불편하지도 않았다. 방이 두 개였지만 컴퓨터를 바꾸기 전까지는 한 방은 거의 옷을 갈아입을 때 말고는 들어가지 않을 정도로 생활반경이 넓지 않은 부부였다. 퀸사이즈가 꼭 들어가는 침실은 잠을 즐기기엔 충분히 안락했다. 2인용 소파와 원목테이블이 딱 들어맞는 거실에서 우린 밥도 먹고, 게임도 하고, 영화도 보았다.

집을 우리가 구한 것이 무척 마음이 쓰이셨는지 어른들은 결혼식 자체에 관련된 비용은 당신들께서 하시길 고집하셨고, 덕분에 남은 전세금으로 갖고 싶은 살림살이들을 마련했다. 오랫동안 두고 써도 좋을 것들로만 고르고 골랐다. 천장과 벽지와 색을 맞춰 주방의 타일을 칠했고, 부엌 찬장의 손잡이를 내 마음에 드는 것으로 바꿨다. 딱 이 정도가 마음이 참 편했다.

첫 집의 편안함은 앞으로 우리가 살 공간에 지대한 영향을 미칠 것이다. 어떤 공간이 우리에게 라곰한지 너무나 잘 가르쳐주었기 때문이다. 이 공간에서 어디를 조금 더하고, 어디를 조금 덜면 우리에게 딱 맞을지 그림을 그릴 수 있었다. 친구들이 놀러 오면 다 같이 게임을 할 수 있도록 거실이 한두 평 정도는 넓었으면 좋겠고, 욕실은 크지 않아도 괜찮으니 욕조를 꼭 넣어야지. 음식은 잘 해먹지 않으니까 지금 정도면 충분해.

우린 앞으로도 비슷한 공간을 찾을 것 같다. 물리적으로, 경제적으로 우리를 옭아매지 않으면서 안락한 넓이를 가진 곳. 공간은 단순히 몸이 머무는 곳이 아니다. 무리한 대출이 없었기에 모을 수 있었던 돈으로 몇 년 후 이사를 갈 때쯤, 그런 공간을 실현시킬 수도 있을 것이다. 그러니까 작고 오래된 우리집, 앞으로 2년 더 우리 부부를 잘 부탁해.

우리집 소파는

조금 좁은 감이 있는

딱 2인용.

우리 다음엔 소파 큰 걸로 바꿀까?

아니, 난 좋은데~

AM 4:30

토요일 새벽에 집을 나와

울산으로 가서 ULSAN

결혼식을 보고

남편 친구들과
저녁모임.

이름은
'닭클럽'

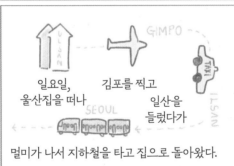

일요일,
울산집을 떠나

김포를 찍고

일산을
들렀다가

멀미가 나서 지하철을 타고 집으로 돌아왔다.

정말 내 쉴 곳은 작은 집, 내 집뿐이리♬

119

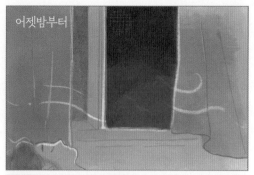

어젯밤부터

바람이 왔다.

아무리 생각해봐도

이것보다 좋은 일이 없다.

얼마를 저금해야
라곰하나요?

대출 같은 저축

솔직히 말하면 우리집은 저축을 많이 하는 편이다. 더 솔직히 말하면 내 취미는 저축이다. 단적인 예로 어느 카페의 정보란에서 모 지점의 선착순 적금 특판을 보고 새벽 4시에 택시를 타고 줄을 서서 적금을 드는 수준의 적금러(적금⇐er; '적금을 하는 사람'이라는 말)라고 할 수 있다. 돈을 모으고 불리는 것이 재미있기도 하지만 가장 큰 이유는 불안 때문이다.

남편과 나는 성향상 불안을 많이 느끼는 편인데, 평화롭게 굴러가는 일상 속에서도 잠재된 불안요소를 끊임없이 떠올린다고 생각하면 되겠다. 그나마 우리가 지금의 평온을 유지할 수 있는 것은 빚이 없기 때문이다. 앞에서 밝혔듯, 우리가 가진 자금 안에서 대출을 끼지 않고 구할 수 있는 선에서 해결했다. 여러 가지 이유가 있지만 가장 큰 이유는 빚이 주는 심리적 부담감이 너무 싫었기 때문이다.

회사를 다닐 때, 내 월급은 입금되면 카드빚으로 고스란히 나가곤 했다. 의류 회사이니 직원가의 끊임없는 세일과 행사, 그리고 사회 초년생의 로망이 더해진 결과였다. 회사를 다닐 당시에는 어차피 매달 월급이 들어오기 때문에 카드 사용에 관해서 무감각했었는데, 문제는 그만두고 나서 터졌다. 회사를 나오고 나서 할부에 할부가 더해진 눈덩이 같은 카드값이, 내가 캐리커처를 한 장 한 장 그려서 번 소중한 돈을 몽땅 빼앗아 가버렸기 때문이다.

사실 빼앗긴 것이 아니라 내가 미리 써버린 돈인데도 그때는 그게 참 억울했다. 억울은 둘째치고 카드결제 대금이 나가는 몇 달 동안 돈을 벌어야 한다는 강박감에 가슴이 쿵쿵 뛰고, 가끔은 숨이 막히기도 했다. 그랬다. 나는 아주 작은 빚에도 극도의 불안감을 느끼는 소시민 중에 소시민이었다. 그 이후로 나는 신용카드는 정해진 규모 안에서, 특히 할부는 꼭 필요하지 않으면 사용하지 않는다.

그리고 데칼코마니 같은 남편을 만났다. 두 소시민이 결혼을 하면서 정한 가장 큰 목표는 불안을 지우는 것이다. 21세기의 대한민국 안에서 프리랜서고 회사원이고, 어디든 우리를 끝까지 책임져주는 곳은 없다. 불안감이 삶을 갉아 먹지 않게 하기 위해 가장 필요한 것은 빚 없는 우리집.

아마 지금 우리가 가진 돈에 대출을 더하면 작은 집 정도는 살 수 있겠지만 20년, 30년을 대출금을 갚는 삶은 사실 상상조차 하기 싫다. 이렇게 얘기하면 누군가는 저축과 집의 부가가치를 운운하며 대출을 다 갚지 않아도 집값이 오를 것이라고 충고한다. 물론, 대출이 나쁘다는 것이 아니라 우리 두 사람의 성향상, 갚아야 하는 돈에 얽매여 매일의 자유를 포기할 여지가 너무 크기 때문에 싫은 것이다.

대신 나는 대출을 갚는 것처럼 저금을 한다. 삶은 대출을 하는 것이나 그 금액만큼 저축을 하는 것이나 크게 다르지 않지만 심리상 큰 차이가 있다. 같은 금액을 목표로 하여 1/n씩 돈을 어딘가에 넣는 것은 같지만 한쪽은 미리 당겨쓰는 것이고, 한쪽은 준비가 되면 쓰는 것이다. 마음의 안정과 더불어 이자도 생긴다.

그렇다고 현재 우리의 저축의 정도가 라곰한 것인가에 대해서는 의문이 있다. 맞벌이임에도 불구하고 서로의 용돈과 공과금을 제외한 돈을 전부 저축하기 때문에 타인이 볼 때는 과하다고 볼 여지가 많다. 아마도 이렇게 모아서, 마음을 저당 잡히지 않을 만큼의 집을 구매하게 되면, 그때는 라곰한 저금을 할 수 있을 것 같다. 소소하게 돈을 모으고 굴리는 재미와 함께 집 앞의 미쉐린 가이드에 오른 스시집을 두 달에 한 번 정도 방문하는 작은 사치가 곁들여진.

앞날에 대한 이야기를 나누다
불안감을 느끼면

나는 다음 날 저축계획과
비상금을 확인하고

점검형

준비형

남편은 새로운
전공서적을 찾아
읽기 시작한다.

그래도 계속
불안해하는 건 비슷해.

날 좋은 주말,
김밥을 싸서
나온 공원에서

오빠,
저기 봐.

보게 된 참새들의 여가 시간.

여러 마리가 자리 잡고 흙목욕을 즐기는 중이었다.

서로 좋은 자리를 차지하려는 눈치싸움도 종종.

참새도 우리도 잔뜩
한가함을 누린 오후.

저기가
명당인가
봐.

그러네…

라곰 열넷

—

소문내고 싶은 입

소규모 SNS 운영 가이드

외로움을 조절하는 방법은 여러 가지가 있지만, 가장 즉효는 떠들 사람을 찾는 것이다. 지인에게 전화하거나 문자를 해서 한참을 떠들면 그 순간의 쓸쓸함이 사라지기에 나도 모르게 휴대폰을 찾곤 하지만, 이건 정말 좋은 습관이 아니다. 아마도 사람의 마음속엔 타인의 이야기를 들어줄 공감 주머니가 하나 있는데, 담을 수 있는 크기가 정해져 있어서 너무 가득 차면 숨이 차오른다. 내가 그렇다면 다른 이도 그러기 마련이니까.

또 하나의 부작용은 그렇게 생각 없이 뱉은 말도 세상을 떠돌다가 언젠가 다시 돌아온다는 것. 단기적으로는 헛헛한 마음이 배가되니까 안 좋고, 장기적으로는 어떤 일이 생길지 모르니까 더 안 좋고. 안 좋다는 것을 아는데도 왜 마음은 자꾸자꾸 떠들고 싶어 하는지 모르겠다. 그렇다면 좋은 일은 말해도 되는 것 아닐까? 힘든 이야기가 아니고 좋은 이야기면 듣는 사람도 좋지 않을까란 생각을 했었지만, 그런 이야기가 듣는 사람에게 어떤 식으로 다가갈 수 있는지 모르기 때문에 조심하는 편이 좋다. 의도치 않게 상처를 주거나, 비위 상하게 할 수도 있기 때문이다.

사실 이건 내가 SNS를 할 때의 마음가짐이다. 프리랜서는 적극적으로 구직 또는 홍보를 해야 일을 할 수 있다. 특히 요즘은 콘텐츠를 만드는 사람에게 SNS는 필요가 아닌 필수가 되고 있다. 전작 《오늘도 핸드메이드!》를 완결했을 시점에 별다른 생각 없이 인스타 주소를 오픈했었고 생각보다 많은 분들이 찾아와주셨다. 원래는 지극히 개인적인 낙서나 메모, 흩어지기 직전의 생각들을 나열하는 공간이었는데 다수의 눈에 공개가 되고 나선 어떤 글과 사진을 올려야 하는지 모르겠어서 한동안은 업데이트 자체를 하지 않았다. 그러나 곧 이 공간이 어쩌면 내가 독자들과, 클라이언트들을 만날 수 있는 유일한 소통과 홍보의 창구라는 것을 알게 되었다.

내 인스타그램은 현재 시점으로 5만 명 정도의 팔로워 분들이 있다. 기준은 각각 다르겠지만, 내게는 고마운 숫자이고 어떤 것을 시작했을 때 5만 분에게나 알릴 수 있어서 다행스럽기도 하다. 그렇지만 이 숫자는 업데이트를 하지 않으면 금방 줄어들었다. 이제는 SNS공간 자체를 콘텐츠를 소비하는 채널로 보는 시선이 있기 때문이리라.

팔로워 분들이 지속적으로 늘었을 때는 라곰 일기를 하루, 이틀 간격으로 꾸준히 올렸을 때였다. 계속해서 이야기가 나오자 궁금해하시는 분들이 한두 분씩 들어오셨다. 그리고 팔로워가 급작스럽게 빠져나갈 때가 있는데 그건 당연히 특별한 업데이트가 일주일 이상 올라오지 않을 때였다. 개인적으로 재미있던 건, 남편의 이야기를 하거나, 먹을거리에 대한 이야기를 올리면 팔로워 숫자가 늘어나 곤 했다는 것이다. SNS는 직관적인 콘텐츠를 올렸을 때 반응이 좋았다. 그래서 그림을 그리는 사람들이 홍보하기엔 정말 좋은 공간이다. 한 장의 그림만큼 직관적인 것은 드물기 때문이다.

사람들이 뭘 좋아하고, 뭘 싫어하는지 알 수 없지만 앞으로도 이 공간은 내 삶에 중요한 역할을 할 것이다. 어떻게 관리하면 좋을지 고민하고 있지만, 큰 규칙 자체는 지인을 대하는 방법과 다르지 않다. 너무 잦은 안부를 올리지 않기, 안 좋은 이야기, 또 너무 좋은 이야기만 하지 않기, 되도록 의미 있는 콘텐츠를 올리기, 그렇지 않다면 적어도 감정에 솔직할 것.

사람들은 거짓말을 금방 알아낸다. 얼굴도 모르는 이들이지만 우리는 가상의 공간에서 한 단계 서로에게 관심을 갖고 있는 사람들이다. 서로에 대한 예의를 지켰을 때 서로 즐거울 수 있을 것 같다. 창작자는 독자들에 대한 예의를 지키고, 독자들도 창작자에게 건전한 응원을 해준다면 더 좋은 계정과 공간들이 생기지 않을까. 그리고 나의 공간에서 나도, 독자들도 더 즐거워지지 않을까.

원래도 낯을 많이 가리는 편이었지만

혼자 일하면서 한층 더 심해졌다.

익숙하지 않은 만남을 생각하면
심장이 뛰고, 울렁거리고.

인간 관계력이
10퍼센트 미만인 느낌.

페어에서 나흘간 마주친 얼굴들은
어쩜 다들 이런 표정,

또는 이런 표정!

간혹 이런 표정으로 다가와주신 독자분들.

늘 생각보다
더 다정한
숫자로 되어 있는
나의 사람들.

자꾸만 하트에
연연하게 될 때면

눈을 감고 실물로
상상해본다.

이 사람들이 작은 카페에 모여
내 이야기를 들어준다면

많아!
정말 많아!

지구, 너는 어때?

미세먼지와 쓰레기산, 환경과 나의 거리

작년 한 해만큼 환경이 나빠지는 것을 몸으로 실감한 적이 없었다. 밖을 나가면 하늘이 뿌옇고, 황사 때도 착용하지 않았던 마스크를 쓰고, 미세먼지 어플로 매일 날씨를 확인했다. 재활용 쓰레기의 수익성이 떨어지자 용역업체가 거부해 길거리에 쓰레기가 쌓이기도 하고, 경북 의성군엔 아파트 높이의 쓰레기산이 생겼다는 뉴스가 연일 보도되었다. 환경부에서도 급하게 법을 정해 카페 내부에선 일회용품을 쓸 수 없는 규제가 생겼다. 자라면서 쭉 해오던 환경보호에 대한 고민들이 고민으로만 남아 있다면 지구에 실질적으로 도움이 안 된다는 반증이었다.

얼마 전에 여성환경연대라는 곳에서 인터뷰 요청이 왔었다. 그분은 내가 올린 만화와 일기들을 보고 환경에 대해서 노력하는 사람이라고 생각했던 것이다. 진지하게 고민했지만 나는 그 인터뷰를 차마 할 수가 없었다. 일정 부분에서는 분명히 노력하고 있지만, 그 노력은 내가 귀찮지 않은 정도에만 행해질 뿐이다. 나는 바쁘다는 이유로 배달음식을 자주 시켜 먹고, 재사용 빨대를 사놓고도 들고 나가는 것을 자주 깜빡해서 아직도 종이 빨대나 플라스틱 빨대를 사용하기도 한다. 택배를 자주 시키며, 핸드메이드 제품을 판매하기 때문에 택배도 자주 보내는 편이다.

세상엔 보다 직접적으로 환경을 위해 투쟁하고 실천하는 사람들이 있다. 그중에 가장 존경하는 사람은 《나는 쓰레기 없이 산다Zero Waste Home》의 저자 비 존슨Bea Johnson이다. 그의 가정에서 나오는 1년 치 쓰레기는 작은 유리병 하나에 담길 만한 양이 전부이다. 그의 가정은 삶에서 아주 다각적으로 치밀하게 노력하고 실천한다. 화장실의 휴지를 제외하고는 쓰레기를 만들지 않는 친환경 라이프 스타일을 공개하는 과정에서 작가는 책으로 출판하는 방식조차 고민했다고 한다. 책이 만들어지려면 결국 나무를 잘라 종이를 만들어 써야 했기 때문이다.

그러나 종이를 써서 이러한 방식에 공감하는 사람들이 많아지고, 또 그것을 본 다수의 사람들이 조금씩 환경을 보호하려는 노력을 하게 됐을 때의 이득이 더 크다고 생각하여 책을 출간했다고 한다. 내가 열린 공간에 작게나마 환경에 대한 실천적인 행동을 자주 올리는 이유는 그렇게 했을 때, 스스로를 조금이나마 감시할 수 있으며, 어쩌면 그걸 보고 한 명이라도 더 그 분야에 관심을 갖게 되길 바라는 마음도 들어 있다.

부모님과 살 때는 어렵지만, 결혼을 하면서 나도 비 존슨 같은 생활을 하고 싶다는 막연한 희망을 가지고 있었다. 하지만 현실 생활에서 그렇게 하려면 정말 초인적인 부지런함과 결단력이 있어야 했다. 물론 같이 사는 이에게도 그 가치관에 대한 동의와 협조가 있어야 하고. 그래도 무심코 결심에 반하는 행동을 했을 때 슬그머니 올라오는 죄책감을 모른 척하지 않기 위한 노력은 하고 있다. 조금이라도 노력을 하는 것과, 미미하니까 시도조차 포기하는 것은 분명 다르다고 생각하기 때문이다. 그리고 작은 시도들도 모이면 지속 가능한 효과가 있다고 믿는다.

다섯 번에 세 번은 재사용 빨대를 사용하고 있고, 일회용 생리대를 면생리대로 바꾼 지는 4년이 넘었다. 호기롭게 샀던 전동 칫솔을 전혀 충전하지 않아 플라스틱과 탄소 발자국을 늘렸지만, 남편과 상의하에 생분해가 되는 대나무 칫솔로 바꿨다. 이 칫솔은 포장용기까지 종이와 종이테이프를 사용한다.

스물아홉 살보다 서른인 오늘 나아졌으니, 마흔이 되고 쉰이 되면 비 존슨처럼 될지 알 수 없는 일이다. 그리고 이 글을 보고 누군가 대나무 칫솔을 사용하거나, 오늘 쓸 비닐봉투 대신에 가방을 사용한다면 정말 기쁠 것이다. 좋은 일은 소문을 내고, 서로서로 독려하며 참여하는 맛이 있지 않은가.

이번에는 스스로 좋은 인터뷰를 할 만한 사람이 아니라서 결국 거절하고 말았지만, 언젠가 지구와 라곰한 관계를 쌓는 방법을 정리해 꼭 다시 연락을 해보고 싶다.

그런 소비

카페 내 일회용품 사용이
금지되었던 2018년 8월,
환경관련 크라우드 펀딩 사이트에서
재사용 빨대를 주문했었는데

쓸 일이 거의 없는 한겨울에서야 받았다.

늦었지만

오, 한 번에 펴지네.

좌악

앞으로 플라스틱 빨대 쓸 일은 없어서 다행이다.

142

꼭 들고 다니려고

접어 쓰는 텀블러까지 샀는데.

1. 먼지

2. 물기

이래서 두고 다니기 일쑤.

케이스를 만들면
잘 들고 다니겠지.

~라는 이유로 뜨개질하고 싶었던 날!

144

지구 멸망이라는 주제로 이야기를 나누는 사람.

내일 지구 멸망하면
우린 저축만 하다 죽는 거야?

응, 우린 담이
작으니까…

엄마가 요즘 보면 60년 뒤엔
멸망할 것 같아.

너무 짧게
보는 거 아니야?

그니까 빨리빨리
행복하게
살아야지.

부디 그런 일이 없기를 바라고 있어, 진심으로.

쓰담쓰담

임시로 살지 않기

시작은 찢어진 패딩

아직 겨울이 한창이던 날, 나는 매일매일 하얀색 패딩을 입었다. 오리들한테 미안해서 계속 미루던 패딩 구입을 이번에 사서 오랫동안 아끼면서 입어야지란 결심으로 몇 개월의 고민 끝에 주문을 하고, 매일매일 신나게 입고 다녔다. 여느 때처럼 패딩을 챙겨 입고 밖으로 나가기 전 보일러를 점검하던 그때, '부욱-' 하고 문고리에 걸려 팔 부분이 시원하게 찢어졌다.

그날부터인 것 같다. 패딩을 어쩌지 하고 마음을 쓰다가 고쳐서 입을까, 새로 장만할까 고민만 하다가 종이가방에 넣어두고 미뤄둔 그날부터 일상도 임시로 사는 것처럼 미뤄두기 시작했다. 버리려고 둔 외투를 다시 꺼내서 패딩을 고칠 때까지만 입자. 밖에 나갈 때도 아무렇게나, 추워도 그냥 몇 겹 껴입고. 하얀색 패딩과 함께 신나게 살아보자던 겨울날들이 그저 그런 대충으로 변질되어버렸다.

준비하고 고대하고 정성을 쏟은 어떤 결과가 나오기 전까지 나는 몇 개월을 임시로 살고 있었다. 그것만 되면 다시 밥을 해서 먹고, 요가를 빼먹지 않고, 아침에 일찍 일어나 작업을 하고, 남편과 조깅을 하고 균형 잡히고 충만한 삶을 살아야지. 그 결과가 나올 때까지는 밤을 새우거나,

배달음식을 먹거나, 청소를 하지 않아도 괜찮아. 임차인이 되어서 살게 되면 지금 있는 공간이 평생 살 집이 아니기 때문에 진심으로 공을 들이거나 관리하지 않게 된다. 이 공간은 임시로 사는 곳이기 때문에 제대로 된 곳에 가면 그때 원하는 모습으로 살면 된다고 다 미루거나 참는 것이다. 준비하는 동안의 하루쯤은 행복하지 않아도 괜찮다고 마치 세들어 사는 사람처럼 일상을 무시했다.

그런데 전혀 괜찮지 않았다. 그 임시 동안 살고 있는 주체도 나였기 때문이다. 마음이 조금씩 실망하고, 매일이 어지럽혀져 건강도 조금씩 나빠졌다. 누구를 탓할 것인가? 모든 것을 임시로 미뤄둔 나의 탓인걸. 하루라도 임시로 살 수는 없는 것이다. 나중에 그 미뤄둔 하루를 다시 채울 수가 없다. 하루는 그냥 하루, 그렇게 흘려버린 나는 그냥 없어지고 만다. 연재를 하든 하지 않든, 돈을 벌든 벌지 않든, 살이 찌든 찌지 않든 그 모든 상태의 나는 살아가고 있고, 감정도 있고, 상태도 있다.

극단적인 생각이 들었다. 당장 내일 무슨 일이 생길 줄 어떻게 알고, 이런 마음으로 시간을 보내고 있는가? 시간은 적금처럼, 예금처럼 만기가 됐다고 찾을 수 있는 것도 아닌데.

그래서 조금 다르게 살기로 했다. 먼저 대청소를 하고,

연재처에 일정이 정해지지 않으면 그냥 연재를 미루고 싶다고 말했다. 공개된 공간에 지금 하고 있는 것들에 대해서 적었다. 포트폴리오를 정리해서 업데이트를 하고, 하고 싶었던 일러스트 페어를 신청했다. 결과야 어찌 되건 일상의 주체를 나로 다시 설정했다. '거절당할까 봐, 나중에 창피할까 봐'라는 생각은 접어두고 지금 내 마음이 괜찮을 수 있는 행동을 했다. 일들이 다 엎어졌을 때 어떻게 해야 할지 계획을 세웠다. 적어도 내가 결정권을 쥐었기에 잘 안 풀렸을 때 누군가의 탓을 하지 않아도 된다는 것이 좋았다. 신기하게도 그러고 나니, 일이 잘 풀린 것은 그저 운이 좋았던 것일까? 마음이 편해졌기에 잘 풀렸다고 생각하게 된 것일까.

곧바로 찢어진 패딩을 수선했다. 겨울은 지나버렸지만, 내년에 쌀쌀해지면 다시 신나게 입고 다닐 것이다. 별거 없는 나의 하루 역시 '갑'과의 계약에 맞춰 정성껏 가꿀 것이다. 계약서상 갑은 나밖에 없으니까.

한창 춥다가 지하철을 타면

따뜻함이 훅 몰려와
순식간에 노곤노곤.

모자까지 뒤집어쓰면

이불 속인지 뭔지…

역내에 있는 스마트 도서관에서 이동 중에 읽을 책을 빌리곤 한다.

단순히 흥미 위주로 고르는 편이라

오,
재밌겠다.

지하철에서 읽기에 너무 눈에 띄는 제목은 고민이 되지만

또 볼 사이도 아닌데, 하고 빌려버린다.

아무 생각이 없고 싶다.

아무것도 하지 못할 정도로

이러고 있으면
안 되는데…

머릿속이 시끄러워서

진짜 아무 생각도 없었으면 좋겠다.

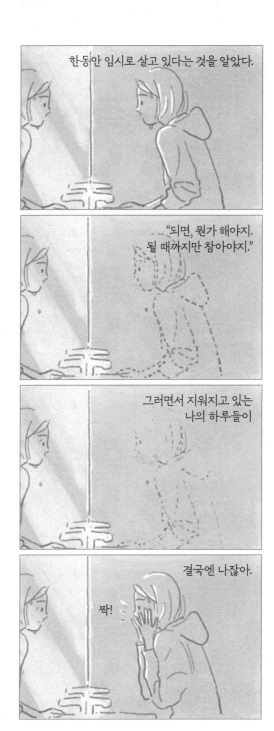

한동안 임시로 살고 있다는 것을 알았다.

"되면, 뭔가 해야지.
될 때까지만 참아야지."

그러면서 지워지고 있는
나의 하루들이

결국엔 나잖아.

짝!

자, 이제 아기자세-

다리 접고, 뒤꿈치 위에 엉덩이 올리고

팔하고 어깨 쭉 펴고요.

힘드셨죠?
이대로 잠깐만 숨 고를게요.

편   안

라곰 = 나

조미료 치지 않은 삶의 맛 찾아내기

한참 채식을 할 때, 생각보다 놀랐던 것은 재료 원래의 맛이 참 좋다는 것이었다. 가지를 통째로 구운 맛, 설탕 없이 간 과일, 양배추의 미묘한 단맛, 오이와 샐러리의 아삭함. 평생 이런저런 맛에 익숙해지면 원재료 본질의 맛을 느낄 수 없는 지경이 온다. 소금, 설탕, 온갖 조미료들, 고춧가루 등 내 혀는 너무 익숙하게 다양한 맛을 찾고, 더 강한 맛을 찾는다. 재미있는 건 평생 음식을 가장 맛있게 먹었던 기간이 바로 채식을 한 일 년 반과 그것을 끝낸 직후였다는 것이다. 초기화된 혀는 극도의 풍요로움을 느꼈다. 물론 지금은 잃어버린 지 오래지만.

그동안 라곰이라는 것에 집착 아닌 집착을 하면서 내린 결론은 아무것도 넣지 않은 상태의 나 그대로의 맛을 찾아가는 과정이었다는 것이다. 어떤 감정을 위해 자극을 찾지 않고, 어떤 것에 의존하거나, 억지로 꾸미지 않은 상태일 때의 나를 유지하는 것이 라곰이었다. 많은 사람들에게 인정받는 직업을 갖고, 남편에게 맛있는 음식을 차려주며 항상 깨끗한 집을 유지하고 요가로 정신건강을 수련하는 다정한 나를 행복한 나로 정해놓으면 나는 인생에서 다 갖추어진 몇 순간을 제외하고는 결코 행복을 느낄 수 없을 것이다. 그렇다고 또 너무 적은 상태로 세팅을 해놓는 것도 좋지 않았다. 애초에 행복이라는 것을 나의 상태로 정하는 것도 조미료를 열심히 치는 일이었다.

조미료 없는 나는 늦잠을 자고 일어나면 하루 종일 패배감에 젖기도 하고, 점심을 시켜 먹으면서 후회를 같이 먹는다. 나는 그림을 그리고, 글을 쓰는 것이 좋다. 혼자 작업을 하기보다 주변 사람들과 내 작업을 공유하고 싶지만 강요하고 싶지는 않다. 적당히 깨끗한 집이 좋지만 매일매일 청소하기는 힘이 든다. 남편이 일찍 와주면 좋지만 온종일 혼자 있는 시간도 나쁘지 않다. 엄마와 하루에 한 번씩 통화하는 건 행복하지만, 매일매일 찾아가는 것은 벅차다. 소중한 친구들이 두세 명 있고, 가끔 오는 연락이 고맙다. 힘든 일이 있었지만, 힘을 내지 않아도 괜찮다는 사람들이 있어서 힘이 났다. 매 순간 열심히 살진 못하지만 대부분 열심히 뭔가를 집중할 때 내 모습에 만족한다.

생각할 필요가 없을 정도로 잡스러운 종류까지 나의 상태를 샅샅이 살폈고, 나에게 어떤 상태가 라곰인지 진지하게 고민했다. 그 과정이 즐거웠고, 많이 위안이 됐다. 가만히 있을 때도 편안하게 어떤 것에 집착하지 않고, 그렇지만 오늘을 위해 무언가를 할 때가 좋다. 어떤 상태에 너무 익숙해지지 않아야 어떠한 날도 다채롭게 보낼 수 있다는 것을 알게 됐다. 나는 계속 다채롭고, 평화롭게, 노력하며 살고 싶다. 내 소중한 사람들과 함께. 나대로 라곰하게.

모든 음식 맛이 무척 다채롭게
느껴졌을 때가 있었다.

채식을 1년 반 정도
한 다음이었다.

물론 지금은 햄버거가
담백할 정도로

그 느낌을
잃어버린 지 오래.

늘 풍요로운 나날을
원한다는 것은

반대로 늘
'0'에 가까운 상태여야
가능한 것 같다.

샤워할 때도 한 움큼.

머리 묶을 때도 한 움큼.

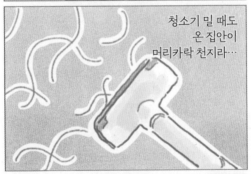

청소기 밀 때도
온 집안이
머리카락 천지라…

기분 좋게
잘라버렸다.

좋고 싫을 게 분명해진 어른은

취향을 확장하기가 쉽지 않다.

어딨지…

그래서 나는 이유도
모르고 좋아했었던

찾았다!

어릴 때의 취향을
열심히 주우러 다닌다.

필요할 때 찾아오는
라곰 한마디

한 줄의 힘

서른한 살의 시작은 생각처럼 힘차지 않았다. 작년에 예상한 것과 달리 어느 하나 내 마음대로 풀리는 일이 없었기 때문이다. 확답을 주지 않은 채 지지부진 미뤄지는 차기작과 불투명한 출간 일정, 그 때문에 받을 수 없는 외주와 둘 다 바빠지면서 어그러지는 일상의 균형. 사실 가장 힘들었던 건 온종일 뭔가를 하고 있는데, 누구도 내가 무엇을 하는지 모른다는 것이다. 표현의 자유라는 말이 왜 생겼는지 체감했다. 사람은 표현을 못하면 무기력해진다. 나는 그랬다. 돈이 중요한 것이 아니라, 이런 이야기를 그리고 있고 그것에 공감해주는 사람들과 공유하고 싶었다. 한 번도 선보이지 못한 채 사라지는 그림들이 될까 봐 두려웠다.

생각해보면 자라면서 내가 만화가가 되고 싶었던 이유는 그냥 하고 싶다는 마음이 다였다. 어릴 때부터 가장 재미있었던 문화가 만화였고, 그림을 그리는 것이 좋았다. 그림으로 얼추 내가 표현하고 싶은 만큼 그려졌을 땐 머릿속에 있는 상상을 구체화하는 것도 즐거웠다. 그런 동기로 잡은 꿈은 목표가 되고, 한 걸음씩 따라가다 보니 만화가가 되었다. 아직도 믿기지 않지만 말이다.

그런데 문제는 그 이후였다. 만화가가 되기까지는 할 만

했는데, 만화가로 사는 것은 생각했던 것 이상으로 어려운 일이었다. 작년에 많은 곳에서 직업으로서의 꿈을 이루고 난 뒤에 오는 상실감에 대한 이야기들이 들려왔다. 한국 사람들이 유독 그런지 몰라도 우리는 미래의 모습을 상상할 때, 어떤 직업을 전제로 대답을 한다고 한다. 타이틀을 얻은 후에 어떻게 살아야 하는지 사실 배운 적이 별로 없다.

나 역시 그랬다. 만화가가 되고 싶어서 달려가는 과정은 힘들었지만 가능성에 젖어 힘들다는 것도 잘 몰랐고, 만화가가 되었던 첫해는 그 직업을 가졌다는 것만으로 기뻤다. 몸은 고되었지만, 둥둥 떠다니는 기분이 들었다. 문제는 만화가로서 살아가는 방법에 대하여 잘 모른다는 것이다. 인터넷에서 찾아봐도 데뷔를 하는 법에 대해서는 많은 분석과 가이드가 있지만 첫 작품만 하고 사라지지 않는 작가가 되는 방법은 찾을 수 없었다. 아마도 그건 각각의 삶이기 때문이었을 것이다.

만화가로 살기 위해선 세상을 향한 메시지를 끊임없이 고민해야 하고, 더해서 그것을 표현할 수 있는 공간을 찾아야 했다. 내 이야기에 대해서 확신이 있는데, 그것을 완성된 원고 말고 무엇으로 더 보여줘야 하는지 알 수가 없었다. 그렇다고 하고 싶지도 않은 이야기를 그릴 수는 없었다. 포기하고 싶었다. 다 집어치우고, 그냥 손가락 빨고 살지, 뭐! 하는 마음도 들었다. 마음대로 하고 싶었는데 하고 싶은 게 포기였다. 일기에는 쓸 수가 없었다. 우울한 이야기는 쓰고 싶지 않았기 때문이다. 그런데도 다 티가 났는지 그런 날마다 달리는 지나가는 이들의 한마디 댓글들이 나를 포기하지 못하게 했다.

정말 지쳐버린 날, 재능이 없다고 느낀 날, 내일이 뿌옇게 보이던 날, 공감이 필요하던 날. 그 하루에 내가 듣고 싶었던 한마디를 듣게 되었을 때는 말의 힘이 무엇인지 절감했다. 평소엔 아무렇게나 흘러가는 한마디일 수 있다. 연애나 결혼처럼 인생에 어떤 것이 들어오는 순간은 결국 타이밍인지 모른다. 알맞은 타이밍의 한 줄, 한 줄이 마음의 연료가 되어 느리지만 움직일 수 있게 해준다.

만화가가 되고 싶었던 이유는 하고 싶었기 때문이지만, 만화가로 살고 싶은 이유는 적절한 타이밍에 누군가의 마음속에 들어갈 수 있는 이야기를 그리고 싶기 때문이다. 유명하지 않아도, 많은 분들이 봐주지 않아도 괜찮다. 누군가에게 적절한 타이밍에, 적절한 한 줄의 이야기로 들리길.

평소 공들여 하고 있는 것을 공유하지 못할 때,

답답을 넘어서 무기력해지는 이유는

그림 그리는 사람이라 그런가?

와그작
와그작

아냐, 이건 그냥 사람이라 그런 듯.

이번 감기는 열은 심하지 않지만
어지럽고 울렁거려 움직일 수가 없었다.

감기 기운이 좀 왔을 때,
떨쳐버리려고 달리기를 했던 게 잘못이었나.

운동 열심히 하고 아프니까
배로 억울한 기분이 들어서

네… 지금
배달되나요?

떡볶이를 시켜 먹었다.

오늘을
좋은 하루로
만들어준
것들.

1. 막 끓인
옥수수차 냄새.

2. 작업할 때 먹으라고 남편이 사놓은 쿠키.

3. 머릿속에 있던 것과
똑같이 그려진 그림.

4. 엄마의 딸이 최고야! 칭찬.

색 너무 이쁘다.
피로가 풀리네.
이뻐서.

라곰 열아홉

—

쓸모없어질
그 많은 가정들

공상이야? 계획이야?

나는 가정이 없으면 움직이지 못하는 사람이다. 알 수 없는 결과를 기다리는 상황일 때면 잘됐을 경우와 아닌 경우뿐만 아니고 중간의 경우까지 가정해서 계획을 세우곤 한다. 물론 잘 알고 있다, 시간적으로 얼마나 낭비인지. 이 버릇은 회사를 그만둘 때쯤에 생겼는데, 근무하는 동안 내 마음대로 결정할 수 있는 것이 거의 없다는 것이 너무나도 우울해서 그 반동으로 나가서 할 수 있는 모든 것들에 대해 적으면서부터 시작된 것이다. 그때 썼던 그 무수한 가정들은 어떤 결말을 맞았을까. 퇴사를 결심했던 시기의 다이어리를 다시 뒤져보았다.

'다이어트, 운동하기, 내 그림으로 돈 벌기, 만화가 데뷔, 저축, 프리마켓 참가, 인형 만들기….'

간단히 말하면 몇 가지는 이루어졌고, 몇 가지는 종이 속에 남았다고 할 수 있다. 사실 성공 여부는 크게 중요하지 않다. 실패했다고 엄청 자책하거나, 성공해서 크게 자부심을 느끼지도 않는다. 적어놓은 것 중에 성공한 것을 보면 새삼 신기하지만 '운이 잘 따라주었구나, 적어놓기만 한 것은 아니구나' 하는 생각과 아직 성공하지 못한 것은 '이때 이런 바람이 있었구나' 하고 생각될 뿐이다.

그런데 그 가정을 세우면서 느꼈던 감정들은 아직도 강하게 남아 있다. 하루하루를 공상인지 모를 미래를 적으며 버텼다. 머리에서 나와 손을 타고 종이로 옮겨진 계획들은 나에게 꿈도 되고, 이유도 되고, 약도 되고, 즐거움도 되고, 안타까움도 되었다가 결국엔 힘이 되었다. 모른 척할 수 없어진 나의 진심들이었다.

신이 아니고서는 정해놓지 않은 앞날이니 알 수가 없다. 확률은 반반. 다양한 것들을 진짜 할 수도 있다는 가능성만으로 적어 내려가는 자체가 무척 즐거웠다. 머릿속을 빙글빙글 돌아다니는 생각들을 그냥 흘려보내는 건, 내게 너무나 아까운 일이다. 이 라곰 실험도 그렇게 짜놓았던 수많은 가정들 속에서 태어났다. 〈하루에 하나, 그림 일기 쓰기〉 다이어리에 이 문구를 써놓은 과거의 내가 이 문구로 지금 이 책을 낼 수 있게 되었다는 이야기를 믿으려나.

나에게 계획이란 앞으로 내가 될 수 있는 많은 가능성들을 표현해주는 놀이와 같은 것이다. 늘 새로운 계획을 써보고 차근차근 따라 해보는 건, 새로운 미술도구를 처음 쓸 때처럼 내 손을 잘 탈지 궁금하기 때문이다. 내가 남편의 게임 시간을 지켜주는 것처럼 남편도 나의 이런 시간을 존중해준다. 누군가는 쓸모없다고 말할 수도 있다. 공상은 낭비라고 규정할지도 모르지만 나에겐 이만큼 라곰한 순

간이 없다. 그냥 라곰이 아니고 정말 완벽한 라곰. 마흔이
되어도, 쉰이 되어도, 일흔이 되어도 나는 쓸모없어질 그
많은 가정들을 그릴 것이다.

나의 1년 계획법

1. *만다라트 계획표로 1년의 목표를 알차게 세운다.

2. 인생계획, 저축계획을 1년 단위로 5년 치를 작성하고 해마다 수정+보완을 한다.

3. 저축계획표는 엑셀로 만들어 남편과 공유한다.

4. 다이어리 먼슬리에 달마다 목표를 적는다.

5. 주 단위로 할 일을 적어놓고, 한 것과 못한 것을 체크한다.

6. 별도로 그냥 하고 싶을 땐, 정해놓은 것을 뒤엎고 다시 짠다.

*만다라트Mandal-art: 하나의 주제에 대해 하위주제를 설정한 뒤 이를 다시 세분화해 가시화하는 기법. 가장 중심이 되는 꿈을 시작으로 핵심목표와 구체적인 실행계획들이 마인드맵처럼 뻗어나가는데 이 모양이 불교에서 완전함을 뜻하는 만다라Mandala 혹은 연꽃과 비슷하다.

오랜만에 인천집에서의 여유 있는 저녁 시간.

드디어 신년 목표를 적으려고
새 다이어리를 가져갔는데

으엉?!

?

새것, 그대로 돌아왔다.

어떡해…

왜 그래?

사용하는 펜 아니면
한 글자도 못 쓰는 타입.

펜을 안 가져왔어.

ㅋㅋ

176

오늘은 혼자 뛰었다.

두 바퀴.

세 바퀴.

다섯 바퀴쯤.

매일 또는 매주의 칸들을

채우고, 고치고,
다시 쓰는 일은

내 마음을

가라앉히는 행위.

라곰 스물

—

나의 노(동)력 가치 정하기

나는, 얼마일까요?

회사에서도 나는 '을'이었지만, 회사를 나오고 나서는 정말 본격적인 을의 생활이 시작되었다. 자리를 잡기 위해서, 포트폴리오를 만들기 위해서, 목구멍이 포도청이라서 해야만 했던 그 수많은 불공정의 작업들. 사실 지금이라고 크게 다를 것도 없다. 다만, 정말 말도 안 되는 일들을 하지 않을 수 있다는 것뿐.

내가 하는 일에는 크게 두 가지 종류가 있다. 돈은 되지만 나를 지워야 하는 일과 돈은 적지만 나를 많이 표현할 수 있는 일. 물론 돈도 적게 주면서 내가 없는 일도 있었지만, 드물게 돈도 많고 나를 표현할 수 있는 일도 할 수 있었다. 대개 위의 두 가지로 정리할 수 있고, 나는 그 어딘가를 가늠하며 나의 가격을 정한다. 이 초반의 가격이 일을 하는 내내 작업의 원동력이 되기 때문에 마지막까지 이 가격으로 내가 충실히 일할 수 있는가를 꼭 생각해야 한다. 결국 남는 것은 일의 결과물이고 이건 앞으로 내가 계속해야 하는 일에 영향을 미치기 때문이다.

그림 일을 처음 시작했을 때는 일을 어떻게 시작해야 하는지도 몰랐고, 어떻게 구인을 하는지도 알 수 없어서 그림을 올릴 수 있는 곳에 닥치는 대로 그림을 올리고, 일러스트 일을 구인한다는 곳에는 무조건 포트폴리오를 정리해서 메일을 보냈다. 그래서 돈이 얼마고를 따지지 않고, 일단 그림으로 일을 할 수 있으면 무조건 했었다. 5만 원짜리 캐릭터 디자인, 시간당 만 원짜리의 삽화 알바, 100만 원짜리였지만 일주일을 하루에 두 시간도 못 자고 했던 그래픽 업무… 어떤 일은 생각보다 좋았고, 어떤 일은 생각조차 하기 싫다.

그렇게 조금씩 일이 쌓이다 보니 일을 구별할 수 있는 눈이 생겼다. 그리고 너무 말이 안 되는 금액의 고강도, 그리고 저작권 개념이 없는 일을 하게 될 때, 전반적인 일러스트 시장에 미치는 악영향에 대해서도 생각할 수 있게 되었다. 그런 일들을 수락하다 보면 그런 불공정들을 전혀 개선하지 않고 의뢰하는 클라이언트도 없어지지 않는다.

개인의 환경은 누구나 다르고, 당장의 몇만 원, 몇천 원이 필요한 이들도 분명히 있기 때문에 내가 어떤 일을 하지 말라, 하라고 말할 수는 없다. 그러나 당신이 경제적인 것 외에 어떤 것들을 돌아볼 수 있는 상황이라면 꼭 최저임금과 저작권은 지켜가면서 그림을 그리길 바랄 뿐이다. 시장에 남아 있는 악질적인 관행이 고쳐지지 않으면 결국 자신에게 돌아오기 때문이다. 나 역시도 이것만큼은 꼭 챙기는 최소의 요건이다.

명확하게 금액을 딱 정하기는 정말 어렵다. 퀄리티의 기준, 완성도의 기준도 각각의 그림마다 매우 주관적이기 때문이다. 보통 나는 시급으로 계산해본다. 견적이 나오면, 이 일을 구상하고 완성하고, 수정하는 데까지 걸리는 총 시간으로 나눠본다. 금액이 납득된다면 진행하고, 납득되지 않는다면 이 작업으로 얻을 수 있는 플러스 알파의 것들이 있는지 고려해본다. 요소로는 포트폴리오로 남길 만한 것인가, 개인적으로 해보고 싶었던 일인가, 프로젝트의 취지가 좋다든가.

여기까지의 일들은 의뢰를 받는 일이고 내가 스스로 벌이는 작업들은 사실 접근 자체가 다르다. 모든 사업이 그러하듯, 처음부터 돈이 벌리는 사업은 별로 없다. 어떤 직업이든지 청사진을 그릴 때는 가장 잘나가는 사람들을 기준으로 상상한다. 분야에서 가장 잘나가는 사람들은 대부분 윤택하고, 재미있는 일만 골라서 하는 것처럼 보인다. 그들의 초년은 어땠을까. 시작부터 모두가 볼 수 있는 일을 하는 사람이 있을까? 내가 누군가에게 가이드를 줄 만큼 안정적인 작업을 하는 사람은 아니지만, 내 그림과 글을 좋아해주는 많은 사람들을 만나기까지는 제법 시간이 걸렸다.

여기까지 오는 데에는 온갖 클라이언트들과 씨름하면

서 돈이 벌리지 않더라도 내 방식대로 표현하고 싶은 열망을 놓지 못했던 하루하루가 모였기 때문일 것이다. 그렇게 버티는 시간은 퍽 쉽지 않다. 그때 유행하는 스타일, 그 당시에 사람들이 좋아하는 것으로 경로를 바꾸고 싶을 때도 있다. 하지만 아무나 할 수 있는 작업을 하면 결국 창작자의 개성은 사라지고, 그 개성으로 구별할 수 있는 작업들도 사라진다. 작가가 자기의 특징을 사람들에게 인지시키는 순간이 자신이 좋아하는 것으로 계속 일을 할 수 있게 되는 길이 열리는 순간이기 때문이다.

이런 고민들은 표현하는 것을 업으로 정해버렸기에 평생 동안 지고 가야 할 것이다. 내가 하는 일이 작은 일, 한 번 사용되고 말 일이라고 가치를 규정해버리면 그 작업의 한계도 그뿐이다. 작업의 연속성은 스스로 만들어가는 것이고 돈에 비해 나의 노력이 아깝다고 생각된다면 그 일은 거절하면 된다. 선택에는 책임이, 무엇보다 커리어라는 흔적이 남는다.

오랜만에 업무 미팅이라

입구에서 한참 마음을 달랬지만,

아, 커피커피.

커피마저 긴장한 모양이었다.

거절을 잘 못하는 성격은 일할 때 특히 좋지 않다.

이제 필요한 말은 분명히 해야 할 때는
지난 것 같은데…

말해놓고도 한참을

괜히 말했나…

고민하고 있음.

아냐, 아무리 생각해도
그건 해야 하는 말이었어.

그림 일기를 올린 지가
얼추 1년.

같이 쓰던 에세이도
마무리가 되어간다.

손에 잡히는 것이
아무것도 없었는데

뭔가…
만져지는구나.

누구나 알고 있는 답, 지속적 라곰

현실은 판타지가 아님을

늘 행복을 유지하려면 우리는 어떻게 해야 할까. 라곰을 선택했을 때 내가 원하는 것은 결국 지속 가능한 행복이었다. 잘 모르는 세계는 행복해 보인다. 멀찍이 떨어져 좋은 모습만 구경한 북유럽 사람들의 차분하고 평화로운Calm and Peaceful 라이프 스타일. 적어놓고 하나하나 실천하다 보면 '짠' 하고 내 삶에 들어와주지 않을까.

그런데 사실 그런 건 없다. 이 사람이면 충분히 우리 삶을 바꿔줄 것이란 믿음으로 뽑은 이가 대통령이 되었다고 나라가 한순간에 바뀌지 않듯. 이 세상에 벼락처럼 바뀌는 것은 존재하지 않는다. 어딘가 찌질한 나의 삶에 라곰이라고 이름표를 붙인다고 북유럽 라이프가 되진 않았다. 내가 사는 곳은 게으름을 죄처럼 생각하는 한국이며, 인생의 모든 관문을 통과해야만 인정해주는 사람들로 가득하다. 나는 여전히 게으르고, 할 일은 많지만 하고 싶은 일은 적고, 직업은 불안정하고, 불안을 반려감정으로 삼으며, 운동도 썩 좋아하지 않는다.

완벽하게 행복한 인생을 24시간, 365일 유지하며 살아가는 사람이 있을까? 돈이 끝없이 솟아나는 사람, 시골의 노인들까지 다 알 정도로 유명한 사람, 눈부신 외모로 시들지 않을 것 같은 사람, 자기 커리어의 정상에 선 사람, 깨달음으로 평온을 얻은 듯한 사람. 사람들은 누구나 자신의 기준에서 완벽한 행복을 가지고 있을 것 같은 가상의 인물을 정해놓고 그와 자신을 비교하며 살아간다. 실제로 그런 이는 존재하지 않을뿐더러 실재한들 그들의 내면이 어떨지는 당사자여야 아는 일이다. 그리고 내가 원했던 그것을 어느 날 얻었다 해도 나는 지금의 생각을 가지고 있는 나이기에, 아마 더 완벽한 존재를 만들어내고 말 것이다.

내가 지칠 때마다 찾아보는 장면이 있다. 애니메이션 〈심슨 가족The Simpsons〉에서 가장 좋아하는 에피소드인데, 종족보존을 위해서 끝없이 고된 삶을 반복하는 펭귄을 보고 바트가 저렇게 사는 것이 무슨 의미가 있냐며 화를 낸다. 그때 여동생 리사가 펭귄들이 빙하에서 슬라이딩을 하는 모습을 보며 이런 말을 한다.

"물론, 인생은 고통과 고난으로 가득해. 하지만 요령은 순간에 주어진 몇몇의 완벽한 경험들을 즐기는 거야."

단연코 내가 아는 가장 멋진 말이다.

현실에 매몰되지 않으면서 현실의 문제를 바꾸고 싶다면, 결국 현실적인 노력을 해야 한다. 지루하고, 지치고, 어렵고, 그 결과가 배신을 할지라도. 일이 없어서 우울하다면 일을 구하고, 돈이 없어서 비참하다면 돈을 쪼개 모으고, 살이 쪄서 불편하다면 운동을 하고. 그렇지만 매일매일 현실에 초점을 맞추고 살아가면 어느 날은 삶의 퍽퍽함에 숨을 쉬기 힘들어진다. 그래서 우리는 각자의 라곰을 만들어내야 한다. 사진, 그림, 영화, 음식, 날씨, 산책. 하루 속에 자신이 조금이라도 흥미가 있었던 것들로 띄어쓰기를 하고, 24시간 어딘가에 꼭 쉼표를 찍어야 한다.

그러다가 어느 날에 봤던 책의 표지가 머릿속에서 사라지지 않거나, 비 오는 날 살짝 열어놓은 창문 틈으로 들어오던 서늘한 바람에 목 뒤가 풀어져 잠이 들었다든가, 오랜만에 만난 친구와 옛날이야기를 하다가 숨이 넘어가도록 웃어버렸다든가. 매일매일이 완벽한 행복일 순 없지만, '내 삶에 이렇게 완벽한 순간이 있을 수가 있지?' 하는 날은 있다. 모르거나, 넘어갈 뿐. 중요하지 않다고 여겼던 마음이 있었을 뿐이다. 집중하지 않으면 놓쳐버릴지도 모르는 짧은 순간들로 목을 축여야 한다.

지속 가능한 라곰을 유지하는 법. 한 걸음씩 나은 현실을 위해 걸어가면서, 내 삶에 주어진 몇몇의 완벽한 경험을 즐기는 것.

오랜만에 본가에서 혼자 잤는데

눈 떠보니 같이 자고 있던 쪼코.

잘 잤어?

이런 아침도
참 오랜만이어서

느긋하게 누워 있었다.

크게 어려운
조합도 아닌데,

왜 조식은

먹을 때마다

기분이 좋은지.

추석날 밤, 모두 자고 엄마랑 오랜만에 둘이 영화를 봤다.

이거 옛날에 본 거 아니야?

한국 버전으로 다시 나왔어.

아~ 그래. 옛날에 외할머니도 막걸리를 엄청 만드셨는데.

엄마의 목소리가 대사보다 많은, 엄마랑 보는 영화.

한 독을 땅에다 묻어놓으면…

휴일의 마지막 날, 둘이서 공원에 갔다.

따듯한 볕과 찬 바람.
쟁여둔 책과 커피 한잔.
뛰노는 아이들과 개.
풀과 바람 냄새.

사람이 무척 많았는데도
시끄럽지 않은.

와- 오늘 진짜 좋다.

모두들 같은 마음인 듯한
가을의 공원.

휴일 × 날씨의 영향

Christmas…

서로 바빠 정신없는 사이,
크리스마스가 벌써 내일이라니.

따로 챙길 열의는 없었지만
뭔가 아쉬우니

이것만 사면
되겠다.

토스트라도 트리처럼
만들기로 했다.

볶은
파프리카

브로콜리
페스토

치즈

프렌치
토스트

오빠,
메리크리스마스야.

푸하흐, 맛있겠다.
메리크리스마스~

일러스트 페어에서 떼어 쓰는
달력이 붙은 그림을 샀었다.

이미 필요한 달력은 다 있어서
이 아까운 걸 어디다 쓸까,
고민하다가

앗!! 좋은 일만
모아서 써볼까! ✨

해서 쓰고 있는 <좋은 일 달력>
벌써부터 좋은 일이 모여 있을
1년 뒤가 기다려진다.

매일의 반복

매일 새롭게 시작할 수 있다는 것

다시 여름이 오고 있다. 무더위가 한창이던 어느 날에 시작했던 라곰 실험이 끝나간다. 서른의 나는 무뎌졌고, 지쳤고, 지겨웠다. 타인들의 하루를 구경하다 보면 나의 하루가 종종 무가치하게 느껴졌다. 겨우겨우 뭔가 됐다고 생각하자마자 그것을 잃어버렸다. 찰나의 만족은 상시의 불만족을 가져다주었다. 매일매일 주어지는 것은 금방 그 가치가 잊혀졌다.

사람은 변하지 않는 것이 없는 얄궂은 동물이라 잃어 봐야 본질을 알게 되는 것일까. 뿌연 미세먼지로 가득한 일주일을 보내고서 반짝 오는 맑은 공기의 소중함, 일주일 내내 햄버거를 먹으면 떠오르는 완벽하게 간이 맞춰진 엄마의 고등어구이, 끝없는 거절로 서러운 날에 그린 보잘것없는 일기와 글에도 연신 '좋아요'를 눌러주는 착한 사람들. 익숙함과 무뎌짐이 함께 오는 이유는 무엇일까. 세상에 당연한 것은 없다는 당연한 사실을 자꾸만 간과하게 되는 것일까.

새삼 내가 어떤 관념에 대해서 이렇게 오랜 시간 동안 고민해본 일이 있었나 싶다. 1년간의 라곰 실험은 변덕

이 심하고 게으른 나에게 참으로 쉽지 않은 일이었다. 나를 둘러싸고, 이루고, 지탱하던 모든 것을 하나씩 뜯어보며 다시 생각하고 정리하고 고쳤다. 실제로 변한 것도 있고, 변하려고 노력했지만 고집스럽게 남아버린 것들도 있다. 아마 수없이 떠들어대는 나를 받아주는 남편에게도 쉽지 않은 시간이었으리라.

이렇게 이기적이고 멍청한 사람에게, 그럼에도 불구하고 다시 여름이 왔다. 어떤 여름을 보내게 될까. 그건 순전히 나의 몫이다. 하루 속에서 몇 개의 라곰을 찾아내는가. 아니면 온전히 그 하루가 라곰이 될 수도 있는 것은 나에게 달렸다. 상투적인 표현이지만 정말 매일 새로운 해는 뜬다. 자고 일어나면 매일 하루가 시작되고, 심기일전할 수 있는 월요일이 주마다 반복되며, 이번 달도 망했다고 생각할 때쯤 다시 1일이 온다. 그리고 다시 매일 뜨는 같은 해가 1월 1일이라는 이름으로 많은 사람들의 사랑을 받으며 떠오른다.

반복되는 일상이 지겹다면 다시 한 번 생각해보자. 반복일까, 기회일까. 어쩌면 우리는 매일, 매 순간 새로 시작할 수 있다.

예전에는 '잊는다'를
떠올리면

아깝고,
아쉽고,
슬프다는
느낌이 들었는데

요새는
잊어서 더 좋은 것
같기도 하다.

이미 겪었던
재미가 다시
새로워지기도
하니까.

망각의 맛 1

201

홍차를 참 좋아하는데도

음…

매번 고를 때
무슨 맛이었는지
기억이 안 난다.

흐음…

그래서 그날 마음에 드는
이름을 고르고

오늘은
다즐링.

마시고서야,

맞다!
이 맛인데…

엘리베이터에서 거울을 보는데,

와, 많이 늙었다.

그거 알아?
오늘이 오빠 인생 중에
제일 젊은 날이래.

!!!

조금 놀려줬다.

…

ㅋㅋㅋ
내리자!

오늘 저녁은
갈치조림.
재료준비를
마치고

양념을
만들려는데…

양념을
만들어야
되는데…

몇 숟갈씩
이더라.

언제쯤 감으로 양념조합이
가능할지 의문.

엄마, 있지.
갈치조림 하는데-

마치는 글

이 책이 나오기까지 2년이나 걸릴 줄은 정말 꿈에도 생각하지 못했습니다. 작년 말부터 올해 초까지 연재한 《모퉁이 뜨개방》이라는 만화가 이 원고를 쓰며 준비했던 이야기였습니다. 표면적으로는 우리나라에서 꼽히는 큰 포털에서 두 번이나 연재하는 행운을 가졌던 작가의 속사정을 어떻게 읽으셨을지 궁금합니다(웃음). 저는 마치 꿈을 꾸었던 것처럼 또 모든 것을 소진하고 이 라곰 실험을 시작할 때와 같은 상황으로 돌아왔습니다. 이제 겨우 두 번을 겪어서 그런가, 표류하는 일상으로 돌아오자 또 반려감정인 불안이 슬그머니 옆자리에 자리를 잡았습니다.

이 글이 완성되기까지 빠지면 안 될 문장들이 있었답니다. 첫 문장은 모든 것이 다 불안했던 서른 살의 저였습니다. 저도 뭔가 데뷔를 하면 '짠' 하고 완전한 삶을 살게 될 줄 알았는데, 정말로 전혀 아니더라고요. 프리랜서의 삶이 골라인이 없는 달리기 시합인 것을 알았을 때의 절망감이란. 물론 그 당시의 제 생각입니다. 지금도 크게 달라지진 않았지만, 시합이 아니라 쭉 길을 걸어가는 것이라고 생각하게 되었어요. 걸을 때도 있고, 달릴 때도 있고, 잠시 멈출 때도 있다는 걸 까먹지 않으려고 노력하고 있습니다.

다음 문장은 제가 프리랜서를 시작했을 무렵, 의학 삽화 아르바이트를 하며 만났던 편집자님과의 인연으로 쓰였습니다. 함께 일했던 것은 몇 개월 남짓이었지만, 웹툰이 아니더라도 책으로 내고 싶은 만화가 있다면 편하게 연락을 달라던 혜주 편집자님의 고마운 제안이 없었더라면 이렇게 자전적인 이야기를 어딘가 투고를 할 용기를 내지 못했겠지요. 일이 어떻게 꼬일지 알 수 없듯이, 어떻게 풀릴지도 알 수 없는 일이었습니다.

그리고 홍익출판미디어그룹 식구들과 함께 마지막 문단을 완성했습니다. 인스타그램에 업로드했던 만화 일기가 시작이었지만, 네 컷 만화에 담지 못한 이야기를 고백하듯 긴 글로 담았습니다. 쓰면서 최대한 솔직하고 담백하게 제가 선택한 길에 대한 고민과 현실을 적어내려 갔기에, 비슷한 이들에게 꼭 읽히기를 바랐습니다.

이 책이 어떤 분들을 만나게 될지 알 수 없지만, 제가 이 실험을 하며 찾은 스물두 가지의 라곰처럼 모든 분들이 각자의 라곰한 일상을, 매일의 적절한 순간을 발견하기를 진심으로 바랍니다. 긴 글을 읽어주셔서 고맙습니다.

소영 드림

나에게 곰 같은 시간

초판 1쇄 인쇄일 2020년 10월 28일
초판 1쇄 발행일 2020년 11월 05일

지은이   소영
발행인   이정은
주간   이미숙
책임편집   정윤정
책임디자인   이경진
책임마케팅   송영우
경영지원   이지연

발행처   홍익출판미디어그룹
출판등록번호 제 406-2020-000074 호
출판등록   2020년 7월 4일
주소   경기도 파주시 회동길 198 4층 1호(문발동)
대표전화   02-323-0421
팩스   02-337-0569
메일   editor@hongikbooks.com

제작처   갑우문화사

ISBN   979-11-9710-868-6 (03810)

이 도서의 국립중앙도서관 출판예정도서목록(CIP)은
서지정보유통지원시스템 홈페이지(http://seoji.nl.go.kr)와
국가자료공동목록시스템(http://www.nl.go.kr/kolisnet)에서 이용하실 수 있습니다.
(CIP제어번호: CIP2020042945)